London Bⁿ of Hounslⁿw

W4 2AB
020-8994 1008
Please telephone for
complete opening times
P10-L-2115

This item should be returned or renewed by the latest date shown. If it is not required by another reader, you may renew it in person or by telephone (twice only). Please quote your library card number. A charge will be made for items returned or renewed after that date due.

/9		29/7/15
21 JUN 2010	0 8 NOV 2011	22/10/2015
19 July	- 6 FEB 2012	
05/0		
05/01/15	28 APR 2014	
23/01/15		
		P10-L-2137

C0000 002 442 684

PATRICK CAUVIN

Venge-moi

ROMAN

ALBIN MICHEL

© Éditions Albin Michel, 2007.
ISBN : 978-2-253-12582-2 – 1re publication LGF

1

Je viens de m'apercevoir que le décor a plus d'importance qu'on ne croit.

Il a fallu pour cela qu'il disparaisse. Tout est vide à présent autour de moi. Il reste les murs. Peut-être nos vies auraient-elles été différentes si tout cela avait été moins étroit, moins noir, moins étouffant.

La tapisserie porte les traces des photos, l'emplacement des meubles... ils ont laissé leurs marques. Le plus étrange ce sont les fenêtres. Je n'avais, jusqu'à présent, vu la rue qu'à travers les rideaux, il fallait les soulever pour découvrir les maisons en face.

Ce n'est pas une belle rue, elle a gardé un côté début de siècle, on ne peut avoir ici que des petites vies.

C'est Paris pourtant, le boulevard n'est pas loin, mais il reste invisible. Onzième arrondissement. Le vieux onzième.

Ces lieux ont été plus qu'un cadre, ils ont joué un rôle dans l'histoire, dans la vie de maman comme dans la mienne. Peut-être vais-je devenir un autre maintenant qu'ils ont, en quelque sorte, disparu. J'ai dû d'ailleurs commencer à changer puisque j'ai décidé de raconter.

Je n'y avais jamais pensé. C'est lorsque les types d'Emmaüs ont emporté les lits, l'armoire et les bibliothèques que l'idée m'est venue. Je ne sais pas pourquoi, cela ne servira à rien car personne ne lira ces lignes, cela vaut mieux, mais j'ai ressenti comme une nécessité de le faire. Un témoignage d'un vieux monde déjà fini.

Un peu plus de soixante ans passés sous ces plafonds. Je suis né ici, à l'époque seuls les pauvres accouchaient à l'hôpital. Nous n'étions pas riches, mais tout de même...

J'ai quatre jours. Lundi, ce sera l'arrivée des nouveaux propriétaires, ils ont annoncé qu'ils feraient des travaux, ils n'aiment pas le couloir, des cloisons seront abattues. Je ne sais pas pourquoi ils m'ont dit cela, ils feront ce qu'ils voudront, c'est vrai d'ailleurs que tout cela était bien laid, peu pratique et trop sombre, tout va devenir clair et large, moderne. Très bien. Il ne restera rien du musée.

Ils m'ont paru jeunes, des têtes à aimer vivre dans le confort blanc d'un espace fonctionnel. Je n'arrive pas à m'expliquer la satisfaction qui me vient, à savoir que cet endroit va disparaître, un goût aigrelet et joyeux, presque méchant. Peut-être ai-je tout simplement détesté ma vie jusqu'à présent. Je pensais en retirer une nostalgie vaguement amère. Pas du tout. Mais il faut que j'écrive.

Je n'ai pas eu le réflexe de garder une chaise. Pas d'importance : j'écrirai sur le parquet, en tailleur. J'ai remonté des biscuits salés pour l'apéritif, avec ça je peux tenir deux jours, je n'ai jamais été un gros mangeur. Et puis, si vraiment j'ai faim, je descendrai chez

Fontanier, ils se sont mis à faire des plats du jour récemment. Il n'y a jamais grand monde, je prendrai des cigarettes en même temps. Je dormirai là, il fait doux pour un mois d'octobre, d'ici je peux voir que certaines fenêtres sont ouvertes.

Un type s'est accoudé tout à l'heure, il était en maillot de corps et béret, il a regardé un peu ses géraniums, il s'est penché pour les respirer, il devrait savoir que ses fleurs ne sentent rien, depuis qu'elles sont là. Comme quoi, on ne se débarrasse pas facilement de l'espoir. Il avait l'air de se dire que, peut-être un jour, un parfum monterait des pétales… encore une déception ! Il paraissait de mauvaise humeur lorsqu'il a disparu à l'intérieur de la maison : ce ne sera pas pour ce matin.

Je tourne un peu le stylo dans ma main… je dois le reconnaître, je suis impressionné par les feuilles blanches. Je n'ai jamais vraiment écrit : les dictées et les rédactions de l'école, les lettres à maman au temps de la colo, les dissertations du lycée ; le gros morceau a été une thèse après l'agrégation et, depuis, c'est fini, des annotations dans les marges des devoirs des étudiants, quelques bouquins bien sûr, mais techniques. Ce qui m'attend est bien différent.

Si j'ai soif, je pourrai boire au robinet de la cuisine, l'eau n'a pas été coupée. L'électricité non plus, les suspensions ont été emportées, mais il reste une ampoule au bout d'un fil dans ce qui fut le salon.

Je ne vais pas commencer par mes premières années, elles n'ont pas grande importance. Elles se sont déroulées ici évidemment, entre papa et maman.

Il ne m'en reste pratiquement rien, aucun souvenir,

quelques visages de la communale, rue de la Roquette, je n'ai pas aimé ça. Dès le premier jour, j'ai senti que les établissements scolaires n'étaient pas faits pour y être heureux. Je passe encore quelquefois par là, ça ne semble pas avoir beaucoup changé. Par l'entrée on voit toujours le même préau, il y a vers quatre heures et demie des parents qui attendent. Maman a dû venir me chercher durant quelque temps, il y avait des rues à traverser.

En 1941, je suis parti à la campagne, je n'ai pas aimé non plus, je devais être difficile à cette époque. Il faut dire que le pittoresque m'échappait, c'est une sensation qui n'est pas le propre de l'enfance, elle vient plus tard.

Pour le petit Parisien que j'étais, tout sentait mauvais, tout était rude et dangereux, du bec des poules aux mancherons de la charrue.

Les champs étaient la concrétisation de l'ennui et les hivers sur les labours s'étiraient, interminables.

Ma grand-mère râlait chaque soir, et je devais avaler des tambouilles au tapioca jusqu'à en vomir... ces gluances épaisses m'ont dégoûté des soupes pour la vie.

Au loin, c'était la guerre dont je ne savais rien.

Il y avait dans les bâtiments des machines qui ne servaient plus, des orties avaient poussé, montant dans les capots rouillés. Je n'ai quitté la campagne qu'au début de l'année 1946. Je ne comprenais pas pourquoi je restais puisque la guerre était finie. Et puis on est venu me chercher pour regagner Paris.

C'est dans le train du retour que la dame qui m'accompagnait m'a annoncé que j'avais de la chance, j'allais retrouver ma maman, elle était revenue, elle avait été malade, mais ça allait mieux.

Je me souviens que la fumée de la locomotive masquait le paysage tandis que nous roulions. Un peu plus loin, lorsque le train s'est arrêté, elle a ajouté que mon père, lui, avait disparu. Je n'avais donc eu qu'une demi-chance, en fait. Je n'en ai pas eu de chagrin, car je ne me souvenais guère de lui. J'ai pris un air triste, car j'ai pensé que l'on attendait ça de moi, et voilà tout. En fait, j'étais assez content, j'allais vivre avec ma mère, ce serait sans doute tranquille et, de toute façon, Paris serait plus drôle que la ferme, et je n'aurais plus l'odeur de fumier dans les narines.

À la gare de Lyon, j'étais un enfant presque heureux : les choses allaient retrouver leur cours. Nous avons pris le métro et nous sommes descendus à Boulets-Montreuil.

J'ai tout de suite reconnu la maison, les deux fenêtres sur la rue, l'entrée de l'immeuble avec le local pour les poubelles, et la loge de la concierge éclairée à l'électricité, même le jour.

C'est là que l'histoire débute en fait. Février 1946. Tout s'est installé lentement. Très lentement.

Comme il y a peu de visages qui subsistent de cette époque, les seuls qui ont compté étaient ceux des photographies sur les murs. Deux cent soixante-quatorze photographies très exactement.

Elles étaient déjà là lorsqu'elle m'a ouvert la porte.

VENGE-MOI

De son vrai nom Claude Klotz, Patrick Cauvin est né le 6 octobre 1932 à Marseille. Après des études de philosophie, il a été appelé pendant la guerre d'Algérie. Enseignant dans le secondaire, il se lance dans l'écriture avec des romans policiers (notamment la série des *Reiner*) ou des pastiches de films d'épouvante et de films d'action. C'est néanmoins sous le nom de Patrick Cauvin qu'il connaît la célébrité. La plupart de ses livres ont été portés à l'écran.

HOUNSLOW LIBRARIES	
CHI	
C0000002442684	
G & C	09-09-09
843.914	8.85

Paru dans Le Livre de Poche :

L'AMOUR AVEUGLE

BELANGE

BELLES GALÈRES

$E = MC^2$ MON AMOUR

HAUTE-PIERRE

JARDIN FATAL

MENTEUR

MONSIEUR PAPA

POVCHÉRI

PRÉSIDENTE

PYTHAGORE, JE T'ADORE

LA REINE DU MONDE

LE SANG DES ROSES

LE SILENCE DE CLARA

THÉÂTRE DANS LA NUIT

TORRENTERA

TOUT CE QUE JOSEPH ÉCRIVIT CETTE ANNÉE-LÀ

VILLA VANILLE

31/2582/0

2

Il y a eu un craquement.

C'est au bout du corridor, tout près de la porte. Une lame de parquet.

Ça ne peut pas être à l'intérieur puisqu'il y a le linoléum qui amortit les bruits. Je le sais bien, je joue parfois près de la porte, je fais rouler les voitures : la bleue et la verte, des jouets Solidos.

Je ne dois pas bouger. Il ne faut jamais bouger lorsqu'il va se passer quelque chose.

C'est à l'extérieur, sur le palier. Il faut bien que j'écoute si ça recommence. Peut-être quelqu'un est là qui attend.

Elle m'a raconté qu'ils venaient ainsi. C'était une ruée dès l'entrée, une cavalcade, un tonnerre de bottes dans les escaliers et les portes explosaient. C'étaient les cris, les hurlements, et puis parfois c'était l'inverse, ils savaient approcher en silence, ils se coulaient le long des murs, le souffle retenu, c'était leur métier, des professionnels de la surprise.

Je sentis la sueur jaillir. Trop de couvertures. Elle en met toujours trop sur le lit.

La chambre est obscure totalement, pas un rayon

ne filtre des fenêtres. Cela date de mes dix ans, elle a interdit la lumière sur ma table de nuit. « Tu es grand maintenant. »

J'ai peut-être rêvé. Non, c'est trop facile à dire. Je ne me suis pas réveillé pour rien, il y a eu un bruit.

Ils ne viendront plus. Je le sais, j'en suis sûr. Il y a encore quelques années, je croyais qu'ils revenaient parfois, malgré la paix. C'était idiot mais elle m'a si souvent raconté comment ça se passait... C'était tellement vivant que je croyais que l'on pouvait encore venir me chercher, et elle avec.

Mon cœur fait le tambour, c'est pareil à chaque cauchemar.

Parfois, ce n'était pas des Allemands que j'avais peur, c'était de mon père.

Il revenait.

Chaque fois, il avait le même visage que celui des photos, il était même pire : comme un squelette avec l'uniforme rayé, tondu. Il ouvrait la porte de la chambre et il attendait, éclairé par la lumière du couloir, à contre-jour. Il ne parlait pas. C'était elle, derrière, qui m'expliquait :

– Simon, ton père est rentré.

Ça aussi, elle l'avait raconté : ces retours, ils avaient duré longtemps... Certains disparus étaient restés dans les infirmeries des hôpitaux russes ou américains, leur mémoire était morte, ils ne savaient plus de quel coin d'Europe ils venaient. Ils ne parlaient plus et puis, avec le temps, ils reprenaient le chemin. Je fermais les yeux alors, je ne voulais pas que cela se produise. Il n'avait pas à revenir puisqu'il était mort, avec les autres, comme sur la photo au-dessus du buffet, celle où l'on voyait les corps poussés par un bulldozer, il devait se trouver au milieu.

Chaque nouveau jour était un jour gagné. Il a fallu plus d'un an après mon retour pour qu'elle admette qu'il ne reviendrait pas. Mes cauchemars alors se sont calmés.

Je vais aller voir.

Jusqu'ici je n'y suis pas arrivé.

Dans les débuts, je me glissais au fond du lit, tout en bas, contre le bois, roulé en boule.

S'ils arrachaient les draps, avec de la chance ils ne verraient rien, mais qui a de la chance ? L'idéal aurait été d'être invisible ou très petit, ça j'en ai rêvé long-temps. Dans la classe, les élèves voulaient être grands : ils se mesuraient, se comparaient, et ceux qui ne pous-saient pas vite étaient tristes. Pas moi.

L'idéal serait de n'avoir pas de corps. Exister bien sûr, mais impalpable, indécelable, être un esprit au fond d'un lit, sous une armoire…

J'ai souvent joué à ça, j'étais dans un coin de la pièce, et ils cherchaient partout, je voyais leurs bottes, leurs bas de pantalon, ils cassaient tout, ouvraient même les tiroirs de la commode, ils me frôlaient mais ne me sentaient pas.

Ou alors être une mouche, attendre dans un angle du plafond que la fouille se termine, ç'aurait été mon bonheur, ça, d'être une mouche, je serais sorti de temps en temps par la fenêtre, je serais rentré dans d'autres chambres pour voir des choses, dans les cinémas surtout. Il y en a beaucoup dans le quartier, je regarde les affiches dans les halls d'entrée, maman ne veut pas y aller, trop de monde, les salles sont trop pleines, elle ne peut pas supporter l'obscurité au milieu des autres... Elle m'y a emmené deux fois, il y a longtemps, elle doit sortir très vite, dès que les lumières baissent. La dernière fois, elle m'a serré la main si fort que j'ai cru qu'elle me cassait les doigts, et j'ai senti la peur monter comme une bête noire, un rat contre le dossier qui s'était glissé tout chaud sous ma veste.

Je me lève.

Il y a un judas à la porte ; si je me hausse sur la pointe des pieds, je dois l'atteindre. J'ai grandi.

Le couloir.

C'est le noir total, mais je connais chaque millimètre de ces lieux, je sais où se trouve le canapé, je sens le velours sous mes doigts, je le contourne. Les photos sont de chaque côté de moi.

Tous me regardent.

Va à la porte, petit, avance et sauve-toi, nous ne leur avons pas échappé, mais tu as une chance, prends-la, cours, ne sois pas des nôtres, ne viens pas nous rejoindre, regarde nos visages, nos yeux sont ceux de la mort, nous sommes ceux qui l'avons vue au plus près, nous en connaissons tous les détours.

– Simon !

La lumière m'a ébloui.

Elle est là, soudain, à la porte de la chambre. Elle n'a pas pu m'entendre. Comment a-t-elle fait ? Elle m'a raconté qu'au bout de quelques mois dans le camp, elle pouvait sentir l'approche d'un corps dans la nuit, même lorsque la neige, qui assourdit les sons, était tombée. Ce n'était pas une question d'oreille, c'était inexplicable, elle savait que des hommes allaient entrer, même s'ils avançaient sans parler, elle pouvait suivre leur progression dans sa tête, elle voyait les silhouettes dans la nuit, les formes noires se glissant entre les baraquements. Ils étaient loin, pourtant, mais elle savait.

– Qu'est-ce que tu fais là ?

– Il y a eu un bruit près de la porte.

– Va te coucher, Simon, il n'y a personne.

Je peux la croire si elle le dit. Elle ne se trompe jamais sur ce sujet.

Je regagne ma chambre. Je ne dormirai plus. Elle non plus.

Le musée.

C'était l'appartement tout entier.

Les photos bien sûr. Je ne sais pas où et comment elle les a trouvées. Il y en avait beaucoup découpées dans les magazines, même dans les journaux, d'autres qu'elle allait chercher dans les bibliothèques, elle écrivait aussi à des organismes juifs, elle en recevait beaucoup. Il y avait des listes aussi, des noms, des chiffres et des tampons noirs avec l'aigle, et les signatures. Beaucoup de signatures, des numéros aussi, ceux des convois, des baraquements.

En plus, il y a les vitrines et, dedans, sont les objets.

Ceux qui lui ont appartenu occupent la première étagère. Ils sont peu nombreux, évidemment : la veste rayée et la couverture dans laquelle elle est rentrée, la cuillère en fer étamé et une sorte de caillou lisse qu'elle a gardé là-bas, je ne sais pas pourquoi. Elle dit qu'elle le tenait toutes les nuits dans sa main, qu'elle le cachait dans la paillasse… On lui a donné d'autres objets ou elle les a achetés, je ne sais plus très bien : une vingtaine de centimètres de barbelés, un carnet minuscule écrit au crayon en hongrois. Une poupée de chiffon qui tient dans le creux de la main, des chaussettes tricotées, un étui de rouge à lèvres vide. Elle connaît l'histoire de chacun.

Un soir, il n'y a pas très longtemps, je lui ai dit d'arrêter. Je ne sais pas comment ça m'a pris mais je le lui ai dit. Elle répétait la même chose encore et toujours, sans fatigue. Elle s'est arrêtée et les larmes sont venues, elles n'ont pas coulé mais elles étaient là. Je lui ai dit que la mère d'Évan avait connu Flossenbürg mais qu'elle ne lui en avait jamais parlé, il n'y avait rien chez elle, pas un souvenir. Évan dit qu'elle est gaie, elle croyait beaucoup avant, elle faisait shabbat, la Pâque, toutes les fêtes, maintenant c'est terminé, elle fume, boit du vin, ne mange plus casher et dit que c'est des conneries.

Donc elle n'a pas pleuré et elle a dit : « Je sais que ce n'est pas bien Simon, ce n'est pas bon pour toi. » Elle avait raison, je n'étais plus si bon élève à l'école, et il y avait les cauchemars et des tas d'autres choses.

– Pourquoi tu le fais alors ? Pourquoi tu en parles toujours ?

Elle s'est recroquevillée. Elle avait une corde dans sa main, celle qui lui avait servi de ceinture, elle l'avait sortie d'un tiroir, elle s'est mise à l'enrouler autour de son poignet.

– Parce que je ne peux pas faire autrement, Simon, je ne le fais pas exprès.

J'ai pensé, pour la première fois, qu'elle était folle. Les gens qui font des choses sans le faire exprès sont des fous, c'était presque normal qu'elle le soit après tout ce qui lui était arrivé, personne ne pouvait résister à tout ça sans devenir cinglé.

— Ça ne fait rien, m'man, tu peux continuer.

— J'en ai besoin, Simon, j'en ai besoin.

J'ai deviné toutes les choses compliquées qui se passaient dans sa tête. Peut-être n'était-elle pas folle parce qu'elle en parlait, peut-être cherchait-elle, moi, à me rendre fou. Non, ce n'était pas possible parce qu'elle m'aimait bien, beaucoup. Même si elle ne pouvait pas rester enfermée dans une salle de cinéma, elle voulait bien que j'y aille seul, elle était venue me chercher plusieurs fois à la sortie, ce n'était pas loin de chez nous. C'est moi qui n'y suis plus allé, je sentais aussi venir la tempête noire dans la salle bondée, elle venait des respirations, de la sueur des voisins, parfois, je sentais un bras contre l'accoudoir, je n'osais plus bouger de place. J'ai cessé d'y aller très vite.

On aurait peut-être dû déménager.

Mais c'est cher, un déménagement. Je pense souvent que peut-être, ailleurs, les choses auraient été différentes, et puis, au début, elle a pensé que son mari reviendrait, alors elle a attendu, c'était logique. Au fond, je crois qu'elle n'avait pas envie d'aller ailleurs, parce que c'est ici que tout est arrivé. J'étais déjà à la campagne. Ils avaient changé de nom, le nouveau était sur la boîte aux lettres en bas, mais les nazis les ont trouvés quand même.

Elle d'abord, et lui après. Elle faisait la lessive à ce moment-là, et lui est rentré du bureau à six heures comme tous les soirs. En avant pour les camions, le train après.

J'essaie de ne plus penser à ça, mais je n'y arrive

jamais, pourtant je lis : des illustrés, des bouquins de la Bibliothèque verte, de la collection Nelson, ceux que je préfère se passent dans le temps, comme des histoires de mousquetaires ou la guerre du feu dans la préhistoire. Déjà la guerre, pourtant c'était il y a longtemps, tout au début des hommes.

Elle ne lit que des livres sur les camps, peut-être qu'elle en écrit un, je la vois souvent avec son Waterman qui remplit des pages, mais elle ne me montre rien.

C'est vrai que c'est triste ici. Ce qui le montre bien, c'est qu'on n'a pas la radio, elle n'en veut pas. À l'école, les autres en parlent beaucoup, il y a des feuilletons qui se suivent, alors ils citent des noms que je ne connais pas, quelquefois même l'instituteur en parle. Il y a des chansons aussi, je les entends dans la rue des Boulets lorsque les fenêtres sont ouvertes.

Monsieur Boulard, c'est le maître, ne m'aime pas beaucoup. On en avait un autre avant, que je préférais, mais il est parti dès que Boulard est revenu, il est resté quatre ans prisonnier. Il ne m'aime pas parce que je fais trop de fautes dans les dictées, et surtout parce que je ne pose jamais de questions. Il veut qu'on pose des questions, il faut de la participation, sinon ça veut dire qu'on ne s'intéresse pas à ce qu'on fait. Je ne peux pas. Je voudrais quelquefois, enfin, c'est pas que je voudrais, mais je sens bien qu'il le faut, mais je ne peux pas, ça ne sort pas.

Je m'élance, j'ai chaud, j'ai mal aux épaules tellement ça me crispe, mais la langue meurt dans ma bouche et c'est foutu. Au début de l'année dernière, j'ai été interrogé en calcul, je suis passé au tableau et tout s'est brouillé quand il y a eu la question. Marcelin, qui est le premier de la classe, a dit : « M'sieur, ses parents étaient dans les camps et son père est pas rentré. » Ils m'ont tous regardé et j'ai eu encore plus chaud. Il avait cru bien faire, c'était pour m'excuser parce que je ne savais pas ma leçon. En fait, je la savais, par cœur même, mais elle est restée en moi.

Boulard a dit : « Va à ta place et fais un effort. »

Il ne m'a pas noté et ça m'arrangeait parce que j'aurais eu zéro, mais en même temps, je me suis rendu compte que j'étais le seul élève qui n'avait pas été noté après une interrogation. J'étais plus comme les autres et, à partir de ce moment-là, rien n'a plus été. Oui vraiment, le mieux c'est d'être invisible et muet en plus, ça c'est magnifique.

Lorsque je rentre, elle demande toujours : « Alors l'école, ça a marché ? »

Je dis oui.

Le jour va se lever. Composition ce matin. J'ai révisé. À l'écrit ça va, et puis ce n'est pas ça qui me fait peur, les vacances approchent, et les vacances c'est la colo, et ça, je ne pourrai pas.

Il reste deux jours avant le départ.

Elle a marqué mon linge, mon nom est écrit à l'encre sur les petits rectangles de tissu qu'elle a cousus à l'intérieur des cols. Ma valise est ouverte sur le parquet, elle est déjà à moitié emplie, elle a mis les pull-overs au fond. J'essaie de ne pas la voir, cette valise, de faire comme si elle n'était pas là, mais je sens la nuit sa présence béante. Sur le moment j'étais assez content de partir, ce serait la mer dont je ne savais pas grand-chose, la Bretagne avec des goémons sur les rochers, le sable mouillé, et les méduses sur les plages comme des tas de gelée tremblotante et transparente. J'ai pensé que ça devrait me plaire de courir dans les espaces, au ras des vagues, et puis le docteur avait dit que le grand air me ferait du bien, que j'étais trop pâlot. Mais avec les jours et les semaines qui passaient, j'ai senti l'angoisse qui montait. Là-bas, il faudrait que je sois tout le temps avec les autres, à chaque minute. Il y aurait le dortoir, le réfectoire. J'ai commencé à me dire : encore un mois, encore quinze jours, et j'ai souhaité que quelque chose arrive pour que je ne puisse pas partir, que tout soit annulé.

J'ai essayé de me casser une jambe en tombant dans les escaliers, mais ce n'est pas possible parce que je me retiens, ça doit être une douleur terrible, alors je ne peux pas. Je ne sais pas ce qui va se passer, j'ai mal au ventre tout le temps, vraiment tout le temps, je vais aux waters mais ça ne sert à rien, ça continue toujours.

Elle m'a parlé hier soir, elle dit que je serai bien au grand air, que je reviendrai grandi, que je pourrai jouer tout le temps – tout ce qu'on peut dire avant. La convocation est à dix-huit heures à la gare Montparnasse, elle m'accompagnera jusque-là, la valise est lourde, et j'aurai de la peine à la porter, surtout dans les escaliers.

Plus que deux nuits ici. Je ne peux pas croire que j'ai tellement envie de rester. Il y a eu des moments où j'aurais tout fait pour partir lorsqu'elle me parlait en marchant dans le couloir. Elle me tenait la main et nous longions les murs, je voyais deux ombres par terre sur le linoléum. Elles rapetissaient, disparaissaient sous nos pieds lorsque nous passions à la verticale du lustre. À l'angle du corridor, nos ombres montaient le long des murs, je voyais notre reflet dans les vitres des photographies comme si nous vivions, nous aussi, dans ces mondes blanc et noir... Il y avait de la neige, souvent, des groupes attendaient debout, on distingue mal les visages mais ce n'est pas utile puisqu'ils sont tous le même. Ça, c'est quelque chose que j'ai pensé dans les débuts, ces gens se ressemblaient tellement que c'était le même multiplié à l'infini comme au Palais des glaces. Je n'y suis pas allé, mais Vallier m'a raconté, on arrive dans une pièce avec des miroirs et on se voit des milliards de fois.

Avant d'encadrer les nouvelles photos, elle regarde avec une loupe chaque prisonnier, elle cherche papa, évidemment. Elle ne l'a pas trouvé, jusqu'à présent.

Je vais regretter ces promenades à l'intérieur de l'appartement. Je ne l'aurais jamais cru, mais je sais que je ne vais plus penser qu'à ça en Bretagne. Hier soir, elle m'a dit qu'un mois, c'était pas long, que ça serait vite passé, ce qui veut dire qu'elle sait que ça ne me plaît pas. Pourquoi elle m'y envoie alors ? Pour mon bien, pour ma santé, pour que je revienne plus grand, avec des couleurs aux joues. Je m'en fous de ça. C'est comme une punition, ce départ, comme si je n'avais pas bien travaillé à l'école ; c'est vrai que je n'ai pas été très bon, surtout l'orthographe, mais ce n'est pas une raison, je suis vingt et unième sur trente-deux, il y en a derrière moi.

Si je lui disais carrément que je ne veux pas y aller, elle annulerait peut-être mon départ, mais je n'arriverai pas à le dire parce qu'elle aurait de la peine et je ne peux pas lui en faire. Ça suffit comme ça, la peine.

Il faut que je m'enfonce dans la tête, l'idée qu'ils ne me tueront pas au bout du voyage. Il reste moins de deux jours à présent.

Bien sûr qu'ils ne tueront personne, c'est fini de tuer les enfants, je le sais bien, mais c'est plus fort que moi, même lorsque j'arrive presque à m'en persuader, j'ai peur quand même. Je ne sais pas de quoi et c'est bien ça le pire. Ils ne me frapperont même pas, on n'a pas le droit de frapper les enfants, je devrais être tranquille. Elle m'a tellement parlé que, sans le vouloir, peut-être elle m'a rendu fou.

17 juillet

Chère maman,

Tout va bien, je me porte bien, je mange bien et il fait beau maintenant car les trois premiers jours on a eu de la pluie et on ne voyait même pas la mer ni le fond du parc, mais ce matin c'était le soleil. Je suis dans l'équipe des Mouettes, elles ont toutes des noms d'oiseaux de l'Océan. Nous dormons dans des grandes tentes de l'armée américaine, nous sommes quinze dans l'équipe et mon moniteur s'appelle Raymond. Nous nous baignerons peut-être demain. Nous faisons des jeux, nous apprenons des chansons, il y en a pour marcher, avant le repas au réfectoire, avant de se coucher, nous chantons beaucoup, le matin aussi pendant le rassemblement. J'espère que tu vas bien à Paris. Je t'embrasse, chère maman, je t'enverrai une autre lettre dans huit jours parce qu'il faut écrire une fois par semaine.

Simon.

Ils lisent les lettres.

Si on dit qu'on n'est pas bien et que l'on veut revenir chez nous, on est appelé chez le directeur. Je ne peux donc rien dire.

J'ai vomi dans le train. J'avais trop de crampes dans le ventre et c'est sorti d'un coup. Il y avait plein de gens autour de moi avec plein d'autres garçons qui se marraient, et d'autres qui se bouchaient le nez. Je n'ai pas pu me retenir.

Ça a commencé à la gare. C'était comme elle l'avait décrit, beaucoup de gens, des enfants, leurs parents, la fumée, ils couraient et il a fallu rester groupés sur le quai tandis qu'une des femmes faisait l'appel, elle avait plein de noms sur des listes qu'elle n'arrivait pas à lire. Mais le pire, c'est qu'il n'y avait plus de couleurs, on était comme dans une des photos du couloir, c'était gris partout et métallique : les rails, les roues, la fumée des locomotives, et même les habits, c'est la verrière de la gare qui donnait un éclairage de poussière. Ils avaient l'air de tous se connaître entre eux, il y en avait qui étaient de la même école, de la même classe... Ça m'est souvent arrivé d'être comme ça, le seul à être seul.

Ils étaient aussi tous contents sauf moi. Leurs parents étaient venus pour la plupart mais les enfants ne faisaient déjà plus attention à eux, comme s'ils n'existaient plus, ils jouaient entre les valises.

Finalement, on est montés et on a voulu entrer dans les compartiments mais c'était fermé, il a fallu attendre qu'un contrôleur vienne ouvrir, ça a poussé derrière et on est restés coincés, dans les cris et les rigolades. C'est à ce moment-là que j'ai été malade, je pense que je me suis un peu évanoui parce qu'il y a un moment que j'ai oublié. Je me suis retrouvé assis sur une banquette avec la vitre baissée et l'odeur de fumée qui me rentrait dans les poumons, et cette dame qui me parlait en me demandant si ma mère était là et si je n'avais pas mangé trop de bonbons. J'ai dit la vérité, qu'elle n'était pas là et que je n'aimais pas les bonbons, d'ailleurs, je n'en avais pas.

Ma mère m'avait accompagné jusqu'à la gare, mais elle n'y était pas entrée, je savais bien pourquoi.

– Pourquoi elle n'est pas venue ta maman ?

– Elle travaille, elle n'a pas pu.

La dame m'a touché le front pour voir si j'avais de la fièvre et puis s'est dépêchée de descendre car le train allait partir. Ils étaient tous autour de moi et me regardaient, et il y a eu un gémissement d'acier, comme si les roues souffraient en effectuant leur premier tour, et on est partis. J'ai fermé les yeux et j'ai pensé que ce devait être bien de mourir, un vrai soulagement.

On était huit dans le compartiment, il y en avait deux qui ont commencé à se battre et à chahuter tout de suite, un des sacs est tombé du filet à bagages vers le plus grand qui a poussé des cris et s'est déchaîné sur l'autre. Un homme a poussé la porte et a demandé si ce n'était pas bientôt fini, et que si ça continuait comme ça, il allait éteindre les lumières, les autres ont râlé, il y en a un qui a demandé pour faire pipi, et puis un autre, tous y sont allés pour s'amuser, parce que je suis sûr qu'ils n'avaient pas envie. Je suis resté seul quelques minutes et j'ai demandé à Dieu que cela dure toute la nuit, que tout bascule dans la nuit, qu'il n'y ait plus que moi. Mais ils sont revenus et la sarabande a commencé.

Je n'en ai pas fait partie. Ils ont joué sans moi. L'un d'eux m'a observé un petit instant, j'ai cru qu'il allait m'adresser la parole, mais j'ai tout de suite regardé par la portière et il a refermé la bouche.

Je l'avais échappé belle.

Les champs ont continué à défiler, ça m'a rappelé la campagne où je me trouvais pendant la guerre, chez ma grand-mère, c'était très plat, il faisait sombre et, parfois, la crête des remblais montait plus haut que le toit du train, le noir surgissait alors et, comme dans un miroir, reflétait le compartiment avec mes voisins qui s'amusaient à la bagarre. Je me suis vu moi, dans le coin, je me souviens que la banquette était si haute que mes pieds touchaient à peine le sol, et que j'étais pâle comme le sont les statues avant que la pluie et l'usure ne les salissent de traînées noires comme des larmes d'encre.

Nous sommes arrivés au matin.

Nous sommes à la sortie de Telgruc.

On ne peut jamais être seul.

Aux waters, il y a toujours quelqu'un qui tape à la porte, même si on vient à peine d'entrer. Non, il n'y a vraiment que la nuit dans son lit qu'on est tranquille, mais les aubes montent trop vite. Je me réveille très tôt, ils dorment tous encore et le jour se lève à travers la toile, je vois les montants des lits qui se précisent de seconde en seconde et je voudrais freiner le soleil. Je lutte de toutes mes forces, seul contre toutes les planètes, la rotation des mondes, je me bats contre la lumière qui va apporter le réveil et le vacarme. Je ferme les paupières de toutes mes forces, jusqu'à pleurer, je ne veux pas que la nuit s'arrête, je ne veux pas... La nuit est liberté, elle est la disparition des autres. Mais voici à l'autre bout de la tente un premier étirement, un bras se lève sous un drap, se rabat, d'autres vont suivre, et le moniteur écartera la toile de l'entrée et je plongerai dans les tumultes.

Je ne suis pas habile à la balle au prisonnier. Chaque jour on y joue, mais le pire ce sont les rassemblements, il faut tendre le bras droit pour toucher l'épaule du garçon qui vous précède, ça s'appelle « prendre ses distances ». Chef Raymond nous fait tendre aussi le bras gauche sur le côté pour atteindre le voisin, comme ça les alignements sont bien réguliers. Nous attendons, rangés par équipe devant le mât où monte le drapeau, c'est le lever des couleurs. Le café au lait a un goût d'eau et de ferraille, je ne peux pas le boire. Mon short est trop large ou mes jambes sont trop maigres, mais je me sens ridicule dedans. Chef Raymond m'a redemandé mon prénom hier. La première fois, c'était le matin de l'arrivée et il a recommencé. Il m'avait oublié.

Je ne l'aime pas, il est costaud avec de très gros mollets et une odeur de sueur après la balle au priso. Il a nommé un chef d'équipe, c'est Mousson. Je pense

28

qu'il l'a pris parce que c'est lui qui fait le plus le fou, et comme ça il le met de son côté.

J'ai failli être encore malade à la douche.

Ça a commencé lorsqu'on s'est trouvés tous nus. Les cris se répercutaient sur les murs carrelés, un écho terrible, ça finissait par faire un tonnerre général, et j'ai entendu sa voix lorsqu'elle me racontait comment ça se passait là-bas. J'ai levé la tête et j'ai vu les cercles avec les trous par où l'eau allait couler. C'était très glissant et mon talon a dérapé, je me suis rattrapé de justesse et la buée a commencé à s'épaissir. Le pire c'était qu'avec les bruits amplifiés et l'eau qui ruisse-lait, je ne pouvais plus comprendre le sens des mots, il n'y avait plus que des syllabes violentes entrecho-quées, comme des ordres et des insultes, et c'est là que ça a commencé à monter, mais j'ai pu me retenir, je me suis fermé à double tour comme un coffre-fort. Cette fois, je ne vomirai pas, impossible, rien n'aurait pu passer tellement je serrais les mâchoires. Autour le vacarme continuait, des perles d'eau sur des épaules mouvantes et des grimaces surgissaient de la vapeur. J'ai pensé que c'était étonnant comme l'on pouvait changer les visages… c'était plein de fantômes bru-meux, hurlants. Pourquoi crient-ils ainsi ? Je n'ai pas compris pourquoi ils s'arrachaient tous la gorge, c'était difficile de savoir si c'était la joie ou la douleur.

En sortant, ils nous ont donné des serviettes qui se sont mouillées tout de suite comme si l'on s'essuyait avec du papier.

Je compte les jours.

Je voudrais avoir un carnet où je pourrais les rayer, mais ça se passe dans ma tête, plus que dix-huit, plus que dix-sept. Un jour, ce sera le dernier. C'est fatal mais très long.

Pour les activités, j'ai choisi la chorale. Chef Raymond a été soulagé. Pour les parties de foot ou de balle au priso, j'ai senti que je l'énervais, c'était mieux que je n'insiste pas, et puis en fait, je n'aimais pas ça. Enfin, disons que j'aurais aimé ça s'il n'y avait pas eu les autres et leur brutalité.

Nous apprenons à chanter en canon, c'est ennuyeux, mais là, je sens les minutes défiler... elles descendent par les veines, elles partent du centre du cœur et elles cheminent, elles arrivent jusqu'au bout des doigts et là, elles me quittent, elles s'envolent et filent vers l'horizon, elles disparaissent l'une après l'autre.

Elles ne s'arrêtent jamais, c'est régulier leur mouvement, on ne peut pas accélérer le débit : c'est le temps.

Je dois aimer la nuit parce que, pendant le sommeil, la fuite continue... des heures me quittent, la nuit est un bateau qui me rapproche du port.

Parfois, dans mon lit, je me récite les noms des rues de mon quartier : rue Léon-Frot, rue Delépine, rue Guénot, de Beauharnais, rue de Charonne, rue Alexandre, jusqu'à ce que les larmes me picotent sous les paupières. Je ne savais pas que je l'aimais autant, c'est mon pays à l'intérieur de mon pays. Pourtant ce n'est pas beau et, la plupart du temps, je marche ou je cours sur les trottoirs sans vraiment regarder. Il y a des boutiques, des portes cochères, des fenêtres au rez-de-chaussée, des vitrines... c'est toujours pareil. Rue Alexandre, il y a des rideaux de fer, des hangars toujours fermés, ce sont les ateliers d'avant-guerre qui n'ont pas réouvert. C'est un endroit où il n'y a pas de ciel, juste un ruban que l'on voit en levant la tête. Ici, c'est l'inverse, on ne voit que lui.

La baignade est glacée, je grelotte longtemps après, tout a une couleur de plomb, même le sable. On a des bonnets rouges et bleus : pour ceux qui ne savent pas nager, ils sont rouges. On ne doit pas dépasser la ligne des bouées, et chef Raymond nous laisse avancer ; lorsqu'on est tous ensemble groupés, il s'élance à toute allure et plonge droit sur nous pour nous éclabousser. Ça fait un bruit énorme et je sens toutes les gouttes me piquer le dos comme des épingles. Il vaut mieux s'enfoncer alors jusqu'au menton et barboter en suivant le mouvement des vagues. J'essaie de faire des mouvements de nage mais je ne tiens pas, je coule lentement, je ne flotte pas. Je fais très attention, dans ces moments-là, parce qu'il y en a certains, Mousson et Blénois surtout, qui aiment bien faire boire la tasse. Ils font semblant de rien et, quand on ne s'y attend pas, ils vous enfoncent la tête sous l'eau et l'on étouffe. Il faut être sur ses gardes avec eux, tout le temps se méfier : dans les rangs, au réfectoire, pendant la nuit, ils surgissent. J'ai peur d'eux, je vois dans leurs yeux qu'ils préparent des coups. Je les déteste et les envie parce qu'ils n'ont peur de rien, qu'ils aiment rire et qu'ils sont prêts à tout pour cela. Moi, je ne sais pas, je recule toujours devant eux, je m'écarte de leur chemin. Si seulement, ils n'existaient pas…

Il devait être près de minuit lorsque les sirènes ont éclaté et que la lumière a explosé contre mes yeux. J'ai dû hurler et j'ai vu les rayons de lampes électri-

ques qui se croisaient dans tous les sens. Il y a eu des
sifflets et chef Raymond a arraché ma couverture.
Dans un éclair de lumière, j'ai vu Mousson qui courait
en slip dans la rangée en criant, et puis le noir com-
plet, et tout d'un coup les lumières… C'est parti dans
le bas de mon corps, je n'ai pas pu me retenir, j'ai
senti la pisse chaude qui coulait à l'intérieur de ma
cuisse et je me suis levé trop tard. J'ai mis mon short,
ma chemise que je n'arrivais pas à boutonner, et on
s'est tous retrouvés dehors avec les moniteurs qui
nous poussaient, et on a couru.

J'ai vu qu'ils étaient tous contents, c'était le jeu de
nuit. Ceux qui avaient déjà fait des colos connais-
saient. On a reçu des foulards pour se mettre dans le
dos, et on s'est battus sous la lune, l'herbe était grise,
et j'ai été perdant tout de suite parce que je ne pouvais
pas penser à autre chose qu'à elle : je revivais tout,
c'était comme cela que ça se passait certaines nuits,
et ma vie allait être terrible à présent, parce que les
draps n'auraient pas le temps de sécher et que, désormais, je faisais partie des pisseux. Il y en avait quel-
ques-uns dans le camp et je serais comme eux…

À un moment, comme on galopait à travers les
arbres, j'ai vu la mer pas très loin, une ligne d'argent,
et j'ai pensé que c'était ma chance. Je pouvais me
cacher quelques minutes et descendre par le sentier
jusqu'aux rochers, traverser la grève et me noyer.

Pour la première fois, j'ai appréhendé le froid de
l'eau comme un plaisir, une fraîcheur qui me délivrait,
j'étais certain que si elle avait eu cette opportunité,
elle n'aurait pas hésité. Il y aurait eu cette liberté
soudaine, liquide, la force bienfaisante de la houle…

Et puis le faisceau d'une lampe m'a ébloui, j'ai vu les autres alignés déjà, et je suis allé les rejoindre, le jeu était fini et je ne pouvais plus m'échapper. J'ai pensé que ma mère et moi avions dû faire quelque chose de très mal dont nous ne nous souvenions pas pour être punis à chaque seconde de notre vie, une punition qui, peut-être, ne finirait jamais.

Il restait quatorze jours.

3

J'ai conservé quelques photos de ma jeunesse.

Sur toutes, j'ai la barbe. C'était la mode étudiante d'avoir un collier et de fumer la pipe.

Il y a un côté vieillot dans tout cela.

Sur deux d'entre elles, je suis avec maman dans la salle à manger, l'une est prise le jour de mes vingt ans, l'autre le jour de son anniversaire devant un gâteau, la date est inscrite derrière le cliché : 14 avril 1958.

Sur la troisième, je suis dans la rue avec Edna. C'est Pierre qui a pris la photo, nous sommes devant une statue de la place du Palais-Royal, il fait beau et il se dégage de nos visages une curieuse impression d'ennui que je ne m'explique pas puisque, durant cette époque, j'ai dû être amoureux d'elle. Cela ne se voit pas, nous posons en prenant bien garde de ne pas nous effleurer, nous étions allés voir *Mithridate* à la Comédie-Française tout de suite après.

Bizarrement, il me semble aujourd'hui que le personnage le plus présent est celui qui ne figure pas sur le cliché. Pierre Debard.

Il fut l'unique ami des années universitaires.

Il était arrivé en cours d'année et dissimulait une main gauche atrophiée dans la poche de sa veste. Son désarroi était suffisamment palpable pour que, sans doute pour la première fois de ma vie, je me sois trouvé en position de supériorité. Pendant les premières semaines, j'ai joué le rôle du type sûr de lui, un peu blasé, je lui ai passé les cours de Piaget et des autres profs.

Je me souviens d'un grand nombre de cafés pris ensemble, autour de la Sorbonne, en particulier d'un bistrot, rue des Écoles, qui s'appelait La Chope, il existe encore. Paris se vit par morceaux mais c'est le onzième arrondissement qui demeure avant tout. De la seconde à la terminale, j'ai fréquenté le quatrième, le lycée Charlemagne, rue Saint-Paul, rue Saint-Antoine, le pont Marie, le quai des Célestins où je révise ma leçon sur un banc, au ras des eaux de la Seine.

Je rentre tous les soirs rue Neuve-des-Boulets. Le musée s'est enrichi. Des livres surtout. Elle range des papiers, des dossiers s'entassent sur les étagères. Durant toute une année, elle est allée à des réunions d'anciens déportés, et puis elle a abandonné peu à peu. Il a été question d'une médaille qu'elle a refusée, de commémorations auxquelles elle n'a pas assisté. Je ne sais pas ce qu'elle fait de ses journées. Je rentre le soir, elle est là, je fais mes devoirs, nous mangeons sur la toile cirée de la cuisine, nous parlons un peu et je vais lire dans ma chambre. Sans m'en apercevoir, je suis devenu bon élève.

J'ai le sentiment que plein de choses se passent sans moi, surtout en ce qui concerne la musique. Au lycée, beaucoup d'élèves parlent de be-bop, de Sydney Bechet, je ne comprends pas ce qui se chante, certains vont chercher des filles à la sortie d'un collège proche, j'en rencontre certaines dans le métro ou l'autobus, elles ont des queues-de-cheval, des jupes à carreaux de couleurs tendres, des ballerines, elles rient énormément et ne me regardent jamais. En fait, j'ai réussi mon vieux rêve d'enfance : être invisible. J'y suis finalement arrivé, sans effort, il m'a suffi d'être celui que je suis. C'est presque un don. Exister est pour moi exister à peine, être c'est n'être pas, comme ne le dit pas Shakespeare.

Je me souviens en particulier du bac. Il y avait plein de soleil dans la salle d'examen, il y avait des filles partout. C'était la première fois que j'en voyais autant, la mixité n'est venue qu'un peu plus tard. Je sentais leur parfum dans les escaliers, une odeur retenue de fleurs entrouvertes, peut-être utilisaient-elles la même savonnette, ce devait être du lilas. Je les regardais : comment pouvait-on être plus propre, plus net, plus parfait, leurs corsages étaient repassés, immaculés comme les réclames dans les cinémas, elles étaient furieusement vivantes, c'était surprenant cette vie qui se dégageait d'elles. Dans le contre-jour qui envahissait les fenêtres, je voyais le duvet blond de leurs avant-bras nus. Je me souviens qu'à la sortie de l'épreuve de maths, l'une d'elles m'a dit : « Tu as trouvé combien ? »

Je lui ai répondu et elle a pirouetté si violemment que ses cheveux m'ont effleuré, et elle s'est précipitée vers les autres si rapidement que j'ai pensé qu'elle n'avait pas attendu ma réponse.

C'est étrange, la vie, les choses les plus importantes sont celles qui semblent négligeables... il y a quarante ans, une jeune fille fait volte-face et me laisse planté dans un couloir. C'est de cet instant sans doute que j'ai su que je n'intéresserais jamais les femmes, qu'elles s'enfuieraient très vite et que je ne saurais évidemment pas les retenir.

C'est à ce moment-là que tout s'est décidé. J'aurais pu me précipiter à sa suite, lui demander combien elle avait trouvé, elle, mais j'ai bien compris que ce serait inutile, je pouvais bien m'y prendre de toutes les façons possibles, c'était cuit dès le départ.

Alors, j'ai, à partir de ce jour, étendu mes promenades vers l'ouest de la ville, vers les Halles qui existaient encore ; tout autour, dans les vieilles rues attendaient de vieilles femmes. Elles étaient vieilles pour moi à cette époque bien sûr. Je prenais un air affairé pour qu'elles ne croient pas que je m'intéressais à elles, je ne devais tromper personne et surtout pas elles. Un lycéen maigrichon à l'œil fuyant, elles ne devaient pas être dupes.

– Tu viens, mignon ?

Je ne répondais pas, j'essayais de ressembler à quelqu'un à cent lieues des aventures sordides de la chair. Je suivais un périple avant de rentrer : rue Quincampois, rue du Prêcheur, de la Grande-Truanderie, boulevard Sébastopol... Elles devaient me repérer au fil des semaines... le petit jeune homme qui passe et ne monte pas, qui ne monterait jamais. J'avais inventé des cours supplémentaires le soir pour que maman ne s'étonne pas de mes retards.

Après ma réussite au bac, je suis entré à la Sorbonne

et j'ai choisi la psychologie de l'enfant. Je pense qu'il a dû y avoir dans ce choix une part de hasard, et en même temps une volonté de savoir ce qui s'était passé dans mon crâne pour en être là où j'en étais.

Le jour de mes vingt ans, celui où la photo a été prise, ma mère m'a demandé si je ne voulais pas inviter des copains à la maison. J'ai su tout de suite pourquoi elle m'avait fait cette proposition : des copains, je n'en avais pas, elle le savait, elle ne risquait rien. J'ai rencontré Pierre seulement l'année suivante.

Ce devait être important, vingt ans, je savais que la plupart fêtaient ça avec des amis, des rires, des disques, toute une atmosphère. Nous avons mangé mieux que d'habitude, avec un gâteau, on a bu du champagne demi-sec et on est allés se coucher. Avant, elle m'avait offert mon cadeau, une petite boîte en velours rouge légèrement incurvée, elle contenait un harmonica. Maman m'a expliqué que c'était celui de mon père. Il y avait d'ailleurs la marque sur le dessus : MAISON RICHIER 1927. Je ne savais pas qu'il en jouait, elle m'a dit qu'elle ne l'avait jamais vu s'en servir. Peut-être l'avait-il acheté simplement comme ça, en se disant qu'un jour, il apprendrait. Il n'avait jamais dû avoir le temps ou il n'y a plus jamais pensé. Elle a expliqué que si elle me le donnait, c'est pour que j'aie quelque chose de lui, parce qu'il ne restait rien, tout avait été volé pendant les années de déportation.

Je lui ai posé des questions ce soir-là sur lui. C'est drôle comme j'ai toujours été peu curieux à son sujet, mais avec l'harmonica, en sentant le contact rêche et doux du velours à l'intérieur de mon pouce, j'avais pour la première fois l'impression d'une rencontre.

C'est étrange un harmonica dont on n'a jamais joué, c'est dérisoire, presque absurde, un morceau de désir. Il a peut-être rêvé un jour d'avoir de la musique dans sa poche. Elle avait réussi son coup, me rendre ce bonhomme plus proche.

Elle en parlait bizarrement, sans élan. Il travaillait, beaucoup, dans un service de comptabilité, ils avaient peu voyagé, j'étais né un an après leur mariage. Ils faisaient des pique-niques avec moi à Ris-Orangis, ce n'était pas loin mais c'était pourtant la campagne. Ils avaient un petit matériel léger, une couverture pour s'asseoir, des assiettes en fer, des gobelets, une gourde. Très congés payés tout cela, on s'installait au bord de l'eau et l'on rentrait avec des coups de soleil. On me faisait respirer le bon air, loin du onzième arrondissement. On rentrait le soir par le train, j'avais un vague souvenir de barque, oui, en effet, une fois ou deux, on avait ramé sur la rivière.

Elle n'arrivait pas à entrer dans les détails de leur vie, l'image restait floue, un monsieur gentil, quelconque, de retour du bureau chaque soir, avec ses dimanches de printemps en famille dans la verdure et un harmonica oublié.

Il aimait la photographie, il en prenait beaucoup.

Je m'en suis souvenu brusquement : un appareil à soufflet, un Kodak avec un système de déclenchement souple, une tige flexible surmontée d'un poussoir. Je l'ai revu parfaitement, j'avais de cet objet une image plus précise que celle de l'homme qui s'en servait. Il ne fallait pas bouger.

Un bois a surgi. L'eau coulait en contrebas, je me tenais dans une flaque de lumière avec ma mère près de moi, une robe à fleurs, mauve et blanc, il était à quelques mètres, je devais rester immobile sinon ce serait flou.

— Il les collait dans un album, un système avec des coins transparents. Il aurait voulu les développer lui-même mais il fallait une pièce spéciale toute noire, avec des bacs, des acides, tout un matériel, ce n'était pas possible.

Un homme avec un harmonica, un Kodak, une femme, un enfant, un métier, dans la lumière d'un dimanche à la fin des années trente... il n'y a que le bleu du ciel, le vert tout neuf de l'herbe, et tout cela se termine si vite, si mal... Une fosse, des ossements calcinés dans un four, on n'a jamais su.

Les clichés ont disparu. J'aurais aimé les voir. Savoir ce que quelqu'un photographie permet de le connaître. Qu'est-ce qu'il aimait ? les paysages de l'été ? Nous ?

— Il se promenait dans Paris avec son appareil et un pied, il faisait des portraits aussi, il m'a souvent photographiée dans cette pièce, et aussi certains voisins qui venaient pour l'apéritif.

Pas bavard, renfermé même, il était né dans le quartier. Elle avait oublié le nom de la rue, elle se trouvait un peu plus haut vers le Père-Lachaise. Ils s'étaient rencontrés comme ça, en se rendant à leur travail, ils avaient les mêmes heures le matin et trois stations de métro, en commun. Il descendait à Saint-Ambroise et elle à Oberkampf pour la correspondance. Ils s'étaient mariés très vite, une histoire lisse sans rebon-dissements, à peine une histoire. Le passage direct de deux sourires embarrassés à la mairie du onzième arrondissement.

Nous n'avons plus parlé de lui par la suite, je sentais qu'elle n'aimait pas trop. Pourquoi l'aurais-je forcée ? C'était peut-être encore douloureux d'évoquer sa mémoire. Leur vie avait été si simple qu'elle n'avait pas d'aspérités auxquelles se raccrocher, une succession de jours semblables dans cet immeuble parisien.

Cela m'a fait penser à ces films en noir et blanc qui débutent avec un panoramique sur les toits de Paris, des fenêtres sont éclairées, plein de fenêtres et, derrière chacune d'elles, des vies s'écoulent, identiquement calmes. C'est une apparence sans doute, je le sais bien, mais ces images donnent toujours une impression de sérénité, d'uniformité aussi. Il a dû en être ainsi pour eux.

J'ai gardé l'harmonica. Je n'en ai jamais joué. Je l'ai toujours.

La vie a continué, scandée par mes examens qui sont devenus les seuls grands événements. À part cela, il s'est passé peu de choses. Un hiver a été très rude, je ne me souviens plus lequel, et il a fallu acheter un poêle supplémentaire, elle ne voulait pas mais je l'ai forcée, elle a toujours répugné à introduire de nouveaux objets dans l'appartement.

J'ai pris peu à peu de la distance, oh, pas grand-chose, mais tout de même… J'ai campé avec Pierre dans la forêt de Fontainebleau, quarante-huit heures sans rentrer à la maison, un voyage en Auvergne à Pâques 1959. Je me rends compte qu'elle a dû souffrir de mes éloignements, mais ne m'en a jamais fait le moindre reproche. J'avais la permission mais je n'en profitais pas ou très peu. Les récits des camps s'espaçaient mais ils n'ont, en fait, jamais cessé. Je sais toujours par cœur son numéro d'immatriculation tatoué sur son avant-bras.

Je crois que pendant vingt ans, personne d'autre que nous deux n'a passé notre porte, personne n'est jamais venu.

Un jour, assis sur les marches de la cour intérieure de la Sorbonne, je me suis confié à Edna. Elle était juive mais toute sa famille s'était réfugiée en Amérique, deux de ses sœurs étaient restées là-bas et s'étaient mariées, la plupart de ses amis d'avant-guerre étaient morts aussi. C'est ce soir-là que je l'ai raccompagnée chez elle pour la première fois, elle habitait très loin, en banlieue, un pavillon en bordure de Seine, près de Vitry. On s'est quitté à la grille et je l'ai embrassée pour la première fois. Son rouge sentait la fraise et j'ai surtout eu la crainte qu'il déteigne et que je rentre chez moi avec une marque sur la bouche. Je n'avais pas de mouchoir et, au retour, je me suis essuyé plusieurs fois avec le dos de la main.

Ce qui est bizarre, c'est que nous avons continué à nous voir souvent, nous avions des cours en commun, nous allions au cinéma rue Champollion l'hiver, sur les chaises du Luxembourg l'été, au théâtre certains dimanches, mais nous n'avons jamais recommencé : nous n'avons eu aucune explication à ce sujet. Je pense que, tacitement, nous avons décidé que ça ne marcherait pas. C'est d'autant plus étrange qu'elle était, je crois, assez amoureuse de moi, et moi je l'étais d'elle. Je peux le constater sur la photo, elle est assez jolie, petite avec des yeux très clairs, mais nous n'étions pas faits pour ça, voilà tout. C'était l'époque peut-être qui nous a bloqués, les lieux aussi. À force de vivre dans ces amphithéâtres, ces bibliothèques, nous étions devenus de purs esprits, ce qui n'était pas de ce domaine nous paraissait insolite, inquiétant et indigne. Je n'ai jamais rêvé une seule seconde que je pourrais un jour me trouver dans un lit avec elle, ces choses-là étaient réservées à d'autres, surtout pas à nous. Avec les années, je me rends compte combien nous avons manqué notre jeunesse, les choses sont si différentes aujourd'hui. Tant mieux.

Je ne sais pas ce qu'Edna est devenue. Pour moi, d'autres femmes sont venues et surtout reparties, mais bien plus tard.

Maman a commencé à être malade en 1965.

Depuis quelques années, j'avais été nommé à la fac de Lille et je revenais pour le week-end. Cette année-là, en novembre, j'ai retrouvé la Sorbonne : je réintégrais Paris. Je n'ai pas eu une seule seconde l'idée de me prendre un studio, il est vrai que c'était, à cette époque-là, difficile à trouver, et je n'avais pas un gros salaire… c'est donc tout naturellement que j'ai repris mes habitudes dans ma chambre d'enfant et que j'ai recommencé à vivre près d'elle dans le musée.

Elle maigrissait régulièrement, le docteur Maudran, qui passait la voir, me parlait « d'usure », c'était un terme qui me gênait toujours parce qu'il me paraissait impropre, appartenant plutôt à la mécanique. Il hochait la tête et finissait par dire : « avec tout ce qu'elle a vécu », comme si elle avait eu de la chance de parvenir jusque-là et qu'elle n'avait pas à se plaindre. Elle ne se plaignait d'ailleurs pas. Elle ne s'est jamais plainte.

J'avais acheté une voiture. Je ne sais pas ce qui m'a pris, c'était sans doute pour faire comme tout le monde car je n'en avais pas besoin. Je suis un homme de métro, je l'avais pris depuis l'enfance et je continuais, mais je pensais qu'avec mon AMI 6, je pourrais sortir un peu maman. En fait, elle n'en a pas profité, je lui ai fait faire le tour du pâté de maisons le premier jour et, un dimanche d'été, je l'ai emmenée jusqu'au bois de Vincennes où nous avons marché un peu sur les bords du lac Daumesnil.

Elle s'appuyait à mon bras et m'a rappelé qu'elle y venait avec mon père et moi un peu avant la guerre, une fois nous étions allés au zoo. Elle s'est un peu animée en évoquant cet événement parce qu'il paraît que je ne m'intéressais qu'aux pigeons, même devant les ours, les éléphants et les fauves. Mon père avait tenté de me montrer toutes les bêtes mais j'étais fasciné uniquement par les pigeons qui picoraient partout dans les allées. J'aurais pu rester rue Neuve-des-Boulets à les regarder sur le rebord des gouttières. J'ai passé beaucoup de temps à les examiner derrière les vitres de ma chambre, quelquefois des heures. Cela m'énerve d'y songer, mais je suis obligé de le reconnaître, même si je ne m'en rendais pas compte à l'époque : je fus un enfant triste.

Mes rencontres avec Pierre se sont espacées, il n'est jamais venu à la maison. J'y étais habitué moi, mais je ne voulais pas lui imposer cette grisaille, cet étouffement, et puis je savais qu'inévitablement elle lui

45

aurait parlé de Flossenbürg. Je ne sais pas pourquoi, bien que je fusse alors presque un adulte, j'en avais toujours honte.

1966 fut l'année difficile. Elle déclinait. À deux reprises, le docteur a suggéré l'hôpital, sans insister beaucoup, car il savait qu'elle n'accepterait pas et qu'en fait, ça ne servirait pas à grand-chose.

À force de maigrir, elle avait fini par ressembler à ce qu'elle était le jour de la libération du camp. Nous avions acheté une petite balance et, au début de l'automne, elle ne pesait plus que trente-neuf kilos. Elle ne sortait plus déjà depuis quelques mois. Je faisais les courses le soir en rentrant du travail, la concierge montait de temps en temps dans la journée. J'avais décliné une invitation pour des conférences à Genève sur le thème de la conscience de la temporalité chez l'enfant, le sujet de ma thèse que je pensais terminer. Je ne pouvais plus m'absenter car ses forces déclinaient rapidement. Le docteur m'avait averti qu'elle ne passerait pas la Noël. Il se trompait, il y avait en elle une force vitale insoupçonnée, ses yeux semblaient s'être agrandis, il y passait parfois le reflet des anciennes terreurs : c'était si palpable qu'il me semblait que le froid envahissait la chambre, les murs disparaissaient, et nous nous retrouvions tous deux sous la neige inlassable d'une terre déserte. J'avais l'impression que si je me retournais, je verrais au loin les alignements sombres des baraquements, coupés par les verticales des miradors et des cheminées.

Elle a tenu jusqu'en février 1967.

C'est le 14 au soir que tout est arrivé.

J'avais des travaux pratiques l'après-midi à l'annexe de la rue Saint-Jacques. Il y avait eu deux exposés successifs d'un groupe d'étudiants, et je m'étais attardé avec eux dans le hall pour développer le compte rendu de mes impressions. Il était tard et la nuit était tombée. J'ai longé les grilles des jardins de l'Observatoire puis celles du Luxembourg. Le parc était fermé, les pelouses étaient recouvertes d'une pellicule gelée que l'on devinait craquante. Des oiseaux tournoyaient autour du bassin et certaines fenêtres du Sénat étaient encore éclairées, on entrevoyait des lustres en enfilade.

Je me sentais bien, j'ai décidé de descendre le boulevard Saint-Michel et de traverser la Seine jusqu'à Châtelet, ce qui m'éviterait un changement. J'ai toujours aimé l'hiver à Paris, je ne sais pas pourquoi, surtout le soir lorsque tout le monde rentre, les gens sont engoncés, marchent vite, une buée sort de leur bouche, les monuments semblent solidifiés par le gel. En fait, la vie froide et installée me rassure.

La rue Neuve-des-Boulets était déserte. Lorsque je suis passé devant sa loge, la concierge m'a arrêté. Elle avait fait venir le médecin dans l'après-midi qui avait tenté de me joindre : il avait dit que c'était la fin.

Je suis monté lentement. Je suppose qu'un homme normal aurait escaladé les marches quatre à quatre. Je ne crois pas à l'instinct mais Dieu m'est témoin que j'ai voulu retarder quelque chose, j'ai su à cet instant que ce qui m'attendait allait bouleverser ma vie.

C'était peu de le dire.

Lorsque j'ai ouvert la porte, tout était comme à l'ordinaire : les photos dans leurs cadres, les objets dans les vitrines, la même odeur venue des rideaux, des tapisseries, l'odeur du passé dans laquelle j'avais baigné depuis toujours.

Il y avait quelque chose de nouveau en elle. On parle toujours du « mieux de la mort », de ces quelques heures avant le passage où la vie semble avoir un sursaut, un sursis.

Elle m'a demandé de lui préparer le repas du soir.

Depuis quelques semaines, elle ne s'alimentait plus qu'avec des pots de nourriture pour bébés, des purées que l'on met dans les biberons.

J'en ai fait réchauffer un au bain-marie et le lui ai apporté. Je me suis installé sur le lit après lui avoir noué une serviette autour du cou.

– Je dois te dire quelque chose que tu ne sais pas.

Elle perdait quelquefois la mémoire, non pas des événements mais de leur récit. Elle s'imaginait parfois ne pas m'avoir raconté certains épisodes de sa captivité alors qu'elle l'avait fait bien souvent.

– Nous avons été dénoncés.

J'ai dû faire un mouvement car elle a posé sa main sur mon poignet, une patte d'oiseau.

Elle n'en avait jamais parlé.

C'était moi qui, au contraire, avais à plusieurs reprises amené le sujet. Ils avaient changé de nom, de papiers, des précautions avaient été prises, il avait donc fallu que quelqu'un soit au courant et en réfère à la Gestapo pour qu'ils soient pris.

Bizarrement, elle n'avait jamais répondu nettement à mes questions, elle s'était toujours enfuie dans les généralités : elle ne savait pas. C'est vrai que les dénonciations étaient nombreuses, pour des questions d'intérêt, de simple vengeance, de rancune, de règlement de comptes, pour se faire bien voir des autorités… les raisons étaient multiples.

– Tu m'as toujours dit que tu n'en étais pas sûre.

La cuillère a tinté dans l'assiette.

– Je le suis.

Je l'ai regardée. Je me suis demandé si le délire n'avait pas commencé, si l'on pouvait ajouter foi à ce que disait une mourante qui n'avait cessé pendant plus de vingt ans de revivre le pire passé qu'ait pu connaître un être humain. Un début de migraine a commencé à me serrer le front. Je connaissais bien. Durant mon enfance, elle pouvait s'installer pour plusieurs jours.

– Tu as des preuves ?

– Je n'en ai pas besoin.

Qu'est-ce qu'elle voulait ? Quel but recherchait-elle en me révélant dans les derniers moments de sa vie ce secret qu'elle avait toujours gardé ?…

– Tu sais qui c'est ?

– Oui.

Elle a fermé les yeux. Le plus étrange était cette paix qui s'installait en elle, je ne l'avais jamais vue comme cela. Pourquoi n'en avait-elle jamais parlé auparavant ?

– Tu vas me faire une promesse.

J'ai réalisé soudain qu'elle allait me quitter. Si j'exceptais le temps passé chez ma grand-mère, nous avions vécu trente ans côte à côte. Maman.

– Je promets.

– Jure-le.

– Je le jure.

Qu'est-ce que j'aurais pu dire d'autre ? Je lui devais tout, la vie et le malheur. Elle m'avait fait tel que j'étais devenu. Elle était ma prison et mon amour.

J'ai commencé à pleurer et sa prise sur mon poignet s'est affermie.

– Dans le tiroir. Le premier à gauche, prends la photo.

Je me suis levé et suis allé à la commode. Elle était surchargée d'objets. La pièce maîtresse était une machine à coudre Singer, le même modèle que celle sur laquelle elle avait cousu des capotes pour la Wehrmarcht dans l'atelier de Flossenbürg.

J'ai trouvé le cliché. C'était tout ce qu'il y avait. On y voyait mal. La seule lumière était sa lampe de chevet et le halo éclairait à peine les médicaments sur le marbre et son visage enfoncé dans l'oreiller.

Pour voir, j'ai dû me pencher et tenir l'épreuve sous l'abat-jour.

La scène représentait un appartement, sans doute un salon, deux femmes souriaient à l'objectif. La première était ma mère, jeune. Je ne l'avais jamais vue coiffée ainsi. La deuxième souriait également. Elle m'était totalement inconnue.

– C'est ton père qui l'a prise, la seule que j'ai gardée.

J'ai retourné la photo. Il y avait une date : MARS 43.

Ils avaient été arrêtés moins d'un mois plus tard.

J'ai montré l'inconnue du doigt.

– Qui est-elle ?

– C'est elle.

J'ai regardé à nouveau. Un visage lumineux et tendre. Quelque chose de méridional. Une actrice lui ressemblait dont j'avais oublié le nom.

– C'est elle qui vous a donnés ?

– Oui.

– Pourquoi ?

– Je ne sais pas, pour rien, peut-être pour l'appartement. Elle le voulait, elle en avait parlé à des voisins. Quand elle est venue ici, j'ai vu qu'elle regardait partout.

– Mais vous étiez amis ?

– Elle habitait en face, au 32, elle nous a invités deux fois, c'est chez elle que ton père a pris la photo.

Le cri a retenti si fort que je n'ai pas pu croire que c'était elle qui l'avait poussé. Une odeur a jailli comme si l'on avait ouvert un robinet de sang. J'ai vu le filet qui coulait de sa bouche. Elle a haleté.

– Mme Clamp. Elle s'appelait Clamp. Olivia Clamp.

Elle s'est tue. Il restait peut-être quelques minutes, je pouvais sauter sur le téléphone, appeler le docteur Maudran mais il n'aurait pas eu le temps de venir.

Ses yeux voyageaient, c'était étonnant, elle avait l'air de suivre un train dans le fond de la pièce, un train qui n'en finissait pas de passer. Les prunelles ont chaviré et j'ai pensé que c'était fini, mais elle a parlé.

– Tu as promis… trouve-la et tue-la.

Des pieds dans la neige, certains nus, des sabots, il y a des zébrures dans la nuit, des aboiements… la clôture est électrifiée, des reflets sur l'acier des casques et des fusils, le cuir des bottes dans des phares… Il n'y a plus de visage, nous avons tous le même, cours

Simon, cours, lâche ma main, échappe-toi. Des camions, sortent des fumées, les phares trouent le remblai et le charnier sort de la nuit, on va m'y déverser, mes membres tremblent sur la plate-forme, venge-moi Simon, tu l'as promis.

– Tue-la, Simon, promets-le… elle a brisé nos vies. La tienne aussi.

Qu'est-ce que je pouvais dire ? Il n'était plus temps pour les explications… elle mourait dans mes bras, elle retournait là-bas, dans les plaines, elle n'en était jamais vraiment sortie. Je le voyais dans la crispation de ses traits, la mort était une horreur car elle était de retour là-bas, derrière les barbelés. Elle avait cru s'en échapper pendant vingt ans, mais ce soir ils l'avaient reprise, ils étaient revenus, tout le cortège, elle replongeait dans le silence affolé des yeux ouverts sur l'épouvante… Des rails encore, emmêlés à l'infini, la stridence des rails et, tout au bout, les portes de l'Enfer.

– Promets-le-moi.

– Je te le promets.

Il y a du sang sur ma cravate.

Il ne faut pas que je te serre trop, je briserais ce qui reste de ton corps démantelé.

Sa bouche s'est ouverte une ultime fois, frôlant mon oreille, un souffle.

– Clamp. Rappelle-toi… tu as juré.

Elle est morte dans les secondes qui ont suivi. Je ne savais pas, je ne sais toujours pas si la mort est autre chose qu'une plongée dans le néant, mais je souhaite pour elle qu'il n'y ait rien d'autre, ni autre vie, ni envol de l'âme, rien que le néant. Elle l'avait bien mérité.

J'ai attendu avant d'appeler Maudran.

Voilà, c'était la dernière fois que nous étions ensemble. Il allait falloir que je téléphone demain à l'université pour prévenir que je ne viendrais pas. Les collègues m'adresseraient de discrètes condoléances et ce serait l'enterrement. La famille avait un caveau au Père-Lachaise, il y aurait peu de monde à la cérémonie, elle ne voulait pas de service religieux.

J'ai regardé autour de moi : les murs, les meubles, tout cela pouvait disparaître demain, je pouvais écraser cet univers qui avait été le mien ; je broyais le cauchemar de l'enfance, je devenais libre et je savais que je ne le ferais pas, qu'elle était suffisamment morte, que je ne pouvais pas tout briser d'un coup.

Je me suis soulevé du lit et la photo a glissé sur le tapis.

Mme Clamp.

Je me suis penché pour la ramasser.

Elles avaient tellement l'air d'être amies… et si ce n'était pas vrai ? Maman avait dû tourner et retourner des milliers de fois le problème, passer tout au crible, peser les paroles, les gestes, détecter dans le regard les envies, les trahisons… et elle en était arrivée à sa conclusion que la voisine d'en face avait parlé. Une lettre sans doute.

Et si elle s'était trompée ? Comment savoir ? Tant d'années ont passé.

Après le passage de Maudran, il y a eu la toilette, la concierge est montée avec du papier d'Arménie qu'elle a fait brûler dans la chambre. J'ai dormi dans le fauteuil dans une odeur d'église. Le lendemain, je suis allé déclarer le décès, choisir le cercueil. Tout s'est déroulé plus facilement que je ne l'avais cru. La mort entoure le survivant le plus proche d'une aura de chagrin qui impose le respect. Je découvrais un univers respectueux où les hommes ôtaient leur chapeau, s'inclinaient, parlaient bas, on m'a entouré de déférence.

Il y a eu plus de monde que je n'aurais cru au cimetière. J'avais fait paraître un avis de décès dans *Le Figaro*, il y était mentionné que maman avait été déportée. Du coup, des gens sont venus que je ne connaissais pas. Ils ont murmuré, en me serrant la main, des noms d'associations. La plupart étaient des hommes âgés, avec des manteaux noirs et des yeux tristes. L'un d'eux avait le regard noyé derrière des verres-hublots, il a soupiré et m'a laissé sa carte sans dire un mot, je l'ai, sans la regarder, fourrée dans la poche de mon pardessus et je suis rentré chez moi.

J'étais seul à présent.

Il faisait assez frais ce matin-là mais j'ai tout de même ouvert les fenêtres pour chasser l'odeur du papier d'Arménie. Je me suis accoudé à la fenêtre pour respirer la lumière du printemps proche qui s'écrasait sur les murs. Le soleil n'était pas bien fort mais ses rayons frappaient sur le zinc des cheminées et des toits, et il m'a ébloui un instant.

Il était plus de midi. Il n'y avait rien dans le réfrigérateur et j'ai décidé d'aller prendre un sandwich chez Fontanier. Désormais il faudrait que je m'organise pour la nourriture. Le déjeuner se ferait au restaurant, ce n'était pas les établissements qui manquaient entre Seine et Luxembourg, mais le soir je devrais faire mes courses ou m'arranger avec la concierge pour qu'elle me prépare quelque chose. En fait, je pouvais me débrouiller tout seul, il me fallait peu de choses, un biftek, des œufs sur le plat, quelques frites ; depuis la maladie de maman, j'avais eu l'opportunité de m'exercer.

Je suis descendu manger un jambon-beurre et boire un demi au comptoir.

L'après-midi, l'idée m'a traversé de ranger ses affaires. Les vêtements dans l'armoire, les papiers dans le secrétaire : c'est ce qui se fait en cas de décès, mais une paresse m'a pris et j'ai remis ce travail à plus tard.

J'avais décidé de ne pas toucher au décor, de laisser le musée tel qu'elle l'avait créé. Tout changer aurait été la tuer deux fois, et puis à quoi cela m'aurait-il servi ? J'y étais tellement habitué que je ne le voyais plus, sa signification s'était éteinte, les photographies s'étaient vidées de leur sens. L'horreur avait fui, tuée par le temps. De toute façon, je ne recevais jamais personne, je n'avais donc rien à modifier. Si, un jour, une femme venait, s'installait, ce serait à elle de faire disparaître tout ce qui m'avait entouré depuis 1946. Moi, non, je n'y toucherais pas…

J'ai terminé la correction des épreuves de mes étudiants plus rapidement que je ne le pensais, et j'ai commencé à tournicoter dans l'appartement.

Mme Clamp.

Cette histoire me tourmentait.

Je n'arrivais pas à savoir pourquoi, mais ce nom ne m'était pas inconnu. Un peu comme si je l'avais entendu prononcer dans une autre vie. Cette sonorité brève avait déjà frappé mon oreille. Quand ? La réponse la plus naturelle était évidemment que son nom avait été prononcé lorsqu'elle était venue chez nous, alors que je me trouvais là, avant mon départ pour la campagne.

– Simon, dis bonjour à Mme Clamp.

Ce n'est pas cela, je me souviendrais d'elle si je l'avais rencontrée, il y a autre chose… mais quoi ?

Qu'était-elle devenue ? Si elle avait donné mes parents pour occuper les lieux, elle avait changé d'avis : pendant les années de captivité, l'appartement était resté vide. Pourquoi n'en avait-elle pas profité ? La peur d'apparaître comme la dénonciatrice ? Vingt ans se sont écoulés, comment retrouver sa trace ?

Est-ce bien nécessaire ? il va falloir que je me pose la question : je n'ai pas un tempérament de vengeur. Une ignoble salope qui a envoyé mes parents à la mort et qui reste impunie. Qu'est-elle devenue ? Elle doit avoir aujourd'hui, en gros, l'âge qu'avait maman : une cinquantaine d'années.

Et en supposant que je la retrouve ?

J'ai promis. « Tu as promis, Simon, n'essaie pas de fuir. » Rappelle-toi ses yeux dans ses dernières minutes. « Trouve-la et tue-la. » Je l'ai juré.

Il n'est même pas sûr qu'elle soit coupable. Tout ne repose que sur une impression, des regards d'envie, quelques remarques sur un appartement plus grand, rien qui ressemble à une preuve, pas un jury ne condamnerait quelqu'un pour cela. Il devait y avoir tant de dénonciations, il y avait eu des articles dans les journaux sur ce sujet, des livres aussi. Il ressortait de tout cela que la plupart des Juifs qui avaient su, à la fin de la guerre, qui les avait dénoncés étaient restés stupéfaits devant le nom du coupable ; ils pensaient à une autre personne, plus probable, à des raisons plus pertinentes. Il en était peut-être ainsi de Mme Clamp : elle était une suspecte, mais rien de plus.

Mène l'enquête, Simon, tu le dois, tu l'as promis.

Je ne suis pas fait pour ça… Comme je serais maladroit dans ce travail ! Et où m'adresser ? Par quoi commencer ? Chercher des Clamp dans le Bottin ? « Allô, excusez-moi, est-ce vous qui avez dénoncé un couple de Juifs entre mars et avril 1943 ? »

Je ne saurais jamais comment m'y prendre…

Les jours allongeaient sérieusement, les soirées allaient devenir tièdes, je mangerai à la cuisine avec la croisée ouverte sur la vieille rue. La même vie. Simplement, elle ne sera plus là.

Je me suis fait des pâtes. C'est ce que je réussis le mieux, quelques loupiotes se sont allumées. Ce quartier a gardé ses mansardes, ses gouttières pour chats, rien n'a beaucoup bougé depuis les débuts du vingtième siècle.

Il me restait un peu de gruyère râpé dans le frigidaire, il était desséché, mais je l'ai mangé tout de même. Il faudra que je pense à m'en acheter demain chez Félix Potin.

Un vengeur.

Pas question. Un vengeur ne mange pas des nouilles au gruyère, tout seul dans un vieil appartement du onzième arrondissement sous les toits. Ça ne s'est jamais vu. Il faut aussi que je pense au jus d'orange et à des yaourts. Je vais noter tout ça.

La pensée s'enfuit avec la nuit qui vient... la nouvelle douceur du crépuscule. Quelle aurait été leur vie si la guerre avait été évitée ? Difficile à savoir. Nous aurions continué les pique-niques à Ris-Orangis, nous n'aurions sans doute pas déménagé. Ils étaient l'un et l'autre des êtres de train-train, d'habitudes. Ils auraient été heureux, tranquillement heureux, un bonheur taillé à leurs mesures.

J'ai débarrassé mon couvert et passé un coup d'éponge sur la toile cirée. Je suis retourné dans la chambre de maman. Il y avait encore un relent qui flottait, celui du papier d'Arménie. J'ai trouvé dans le tiroir de la table de nuit le journal qu'elle écrivait presque chaque jour. Je me suis promis de le lire depuis le début, mais je me suis contenté de le feuilleter. Elle l'avait commencé en mars 47. Elle parlait de tout, du temps, du passé... des passages me concernaient. L'un d'eux surtout m'a arrêté.

14 septembre 1952

Simon est parti pour le week-end faire du camping avec des amis. C'est bien. Cela prouve que je ne l'ai pas détruit, il va vivre ailleurs ; un jour il quittera ces murs, je ne le retiendrai pas. Et puis il travaille bien. Il a toujours bien travaillé. Je regrette tant qu'il soit triste, j'en suis si responsable. Ce n'est pas facile d'être sans père, il ne m'en a jamais parlé, mais il en a souffert. J'ai su qu'à l'école, d'autres enfants le lui faisaient

sentir. Je ne lui aurai appris que la mort, j'espère qu'il
sera assez fort pour apprendre la vie. Elle, je ne la
connais plus, elle m'a quittée depuis trop d'années.
Pardon, Simon. Il rentre lundi soir, je lui ferai de la
soupe aux poireaux, celle qu'il préfère.

Mme Clamp.

Je lui ai promis. J'ai même juré.

Savoir d'abord. Uniquement savoir si c'est elle. Voilà, c'est ce qu'il faut que je me dise : la retrouver n'engage à rien. Après, savoir, relever un faisceau de preuves. Il sera toujours temps d'aviser à ce moment-là. Je serai comme un détective, une sorte d'enquêteur, c'est mon droit le plus strict.

Obscurité.

J'ai éclairé et la violence de la lumière m'a surpris. Je suis sorti de la chambre et, de la porte, à l'autre extrémité du couloir, j'ai vu son manteau accroché à la patère. Elle ne le portait plus depuis longtemps mais il était resté là. Le mien était posé juste à côté, et c'est à ce moment-là que je me suis rappelé ce type dans le cimetière. Je revoyais parfaitement son visage.

Je me suis approché, j'ai fouillé dans ma poche et j'ai retrouvé le bristol.

ANDRÉAS KORBS
ASSOCIATION DES DÉPORTÉS
ET
VICTIMES DES CAMPS NAZIS

Il y avait une adresse et un numéro de téléphone. J'ai appelé Korbs immédiatement. Il devait être en train de dîner car il avait la bouche pleine quand il a répondu.

Je l'ai remercié d'être venu à l'enterrement et lui ai demandé un rendez-vous. Il a eu l'air surpris mais nous sommes parvenus à fixer la date, le surlendemain à onze heures du matin, au Wepler de la place Clichy. Il n'habitait pas très loin et moi, je ne travaillais pas ce jour-là.

J'ai raccroché.

C'est parti, maman.

Pour savoir, juste pour savoir si c'est elle. Si c'est bien Mme Clamp.

4

Je suis arrivé le premier.

J'aime les brasseries. Je les trouve rassurantes.

Ce sont des lieux épais, la sauce du temps s'y est figée, il me semble toujours que les gestes des serveurs y sont plus lents qu'ailleurs, ils ont l'air d'être là depuis toujours, fixant à travers les hautes vitres les reflets des voitures qui tournent sur la place. Ils portent de longs tabliers blancs et, lorsqu'ils sont immobiles, leur buste semble monté sur des socles de plâtre.

Korbs est arrivé à onze heures pile. J'étais déjà installé depuis dix minutes. Une partie de l'établissement est réservée aux consommations, mais il y flotte parfois une odeur d'huîtres et de coquillages venue du restaurant.

Il s'est assis et a tiré immédiatement sur une Celtic qui paraissait vissée à ses lèvres, puis il a toussé dans la fumée grise.

– Je fume trop.

Ses dents étaient jaunes et irrégulières, rongées par le goudron et la nicotine. Il a montré sa cigarette, l'air navré, son index et son majeur semblaient recouverts d'une couche de moutarde séchée.

– Trois paquets par jour depuis vingt ans.

Il a hoché la tête et aspiré une longue bouffée.

– Ça m'a pris dès mon retour de Maïdanek, je n'ai jamais cessé depuis.

Ses paupières tombèrent. Deux rideaux flapis. Il avait des yeux étranges, des yeux sales, on avait l'impression que leur vraie couleur se trouvait sous une couche boueuse, la couleur des mares lorsque l'eau se retire.

Nous avons échangé quelques banalités sur le temps et les nouvelles du jour, et je lui ai expliqué les raisons de notre rencontre.

– Monsieur Korbs, j'ai des raisons de penser que mes parents ont été dénoncés en 1943.

C'est en parlant que je me suis rendu compte que je ne savais même pas si la dénonciation avait été faite par lettre. Et si Mme Clamp s'était rendue directement au siège des Affaires juives, ou dans n'importe quelle Kommandantur, dans un poste de police... Il y avait des tas de possibilités.

– Je voudrais savoir s'il existe des archives, des traces de lettres envoyées. Je pense que les nazis étaient méticuleux et possédaient un sens strict de l'administration.

Andréas Korbs hocha la tête et alluma sa nouvelle Celtic au mégot de la précédente. J'ai eu l'impression qu'il n'utilisait qu'une allumette, le matin, et que chaque cigarette terminée embrasait la suivante.

Depuis que je lui avais expliqué le motif de notre rencontre, il paraissait encore plus triste.

– Je ne pensais pas que vous me poseriez ce genre de questions.

– Elle vous choque ?

– Elle n'est pas de mon ressort. J'espérais vous voir pour d'autres raisons.

– Lesquelles ?

– Une adhésion à notre association, c'est ce qui a lieu lorsque l'un d'entre nous disparaît, les proches s'inscrivent, éprouvant le besoin de serrer les rangs qui s'éclaircissent de plus en plus. Vous savez, notre idée est que ce que nous avons vécu a été tellement incroyable que, lorsqu'il n'y aura plus de survivants pour témoigner, le monde doutera que cette horreur a vraiment eu lieu.

– Il y a eu des livres, il reste des documents, des études...

Korbs trempa ses lèvres dans son café et regarda son reflet multiplié par l'alignement des glaces. Il redressa machinalement sa cravate. Elle avait pris, elle aussi la couleur cendrée du tabac consumé.

– Ils ne serviront à rien, on ne les croira pas.

Il continua à parler. À chaque fois qu'il bougeait le bras pour porter la Celtic à sa bouche et la retirer, sa manche au tissu élimé passait devant moi.

L'inscription coûtait cinq cents francs, elle donnait droit à recevoir le journal de l'association qu'il m'enverrait, il y avait aussi des réunions, des conférences étaient organisées parfois... J'ai senti la fatigue monter en moi. Il était à peine midi, mais il m'a semblé avoir déjà travaillé une très longue journée. C'était lui, sa présence, une pesanteur, une absence d'espoir d'une telle intensité qu'elle recouvrait la surface des murs, les gens et les choses d'un plomb mortel, uniforme.

Je ne sais pas ce qui m'a pris, je n'étais pourtant ni perspicace ni même malin, c'est peut-être cette impossibilité qu'il avait à ne pas pouvoir fixer son regard dans le mien, cette angoisse qui naissait de ses ongles rongés, de sa tabagie : lorsque je me suis penché au-dessus de nos deux tasses, ma question est venue toute seule :

– Il n'y a pas d'association, n'est-ce pas ?

Il a haussé les épaules, il devait avoir les poumons tellement calcinés qu'il n'était plus capable d'y trouver un souffle d'indignation. Il n'a pas cherché à nier sa combine, elle était minable : il se rendait aux enterrements des anciens déportés et il donnait sa carte, il téléphonait en général deux jours après. J'avais été plus rapide que lui, ce qui expliquait sa surprise au bout du fil. Il entortillait la famille, extorquait un chèque, parfois deux, les gens ne recevaient jamais rien, peu s'en étonnaient, la plupart oubliaient. Il n'avait jamais eu d'ennuis.

Il m'a raconté sa vie. Il avait été contremaître dans une mine d'ardoise près d'Angers, elle avait fermé en 1936. Lorsqu'il était revenu de ses premiers congés payés, les portes étaient closes. Depuis, c'était le chômage. Trente années de misère. Ça valait bien une petite entourloupe de temps en temps. En fait, il s'appelait Chevalier, Aristide Chevalier, on ne pouvait pas faire plus goy.

On s'est quittés bons amis. On a fait quelques pas ensemble sur le trottoir et, avant de nous séparer, ses sourcils se sont froncés comme s'il venait d'avoir une idée : il a été pris à ce moment-là d'une quinte de toux si longue que j'ai cru qu'il ne retrouverait jamais son calme. Il a réussi quand même à dire qu'il connaissait un type qui pourrait, lui, vraiment m'aider. Rien n'était sûr, évidemment, mais peut-être. C'était un homme qui avait travaillé pour des services de renseignements, il ne savait pas lesquels au juste, tout ça paraissait mystérieux, je pouvais toujours aller le voir de sa part, il me ferait une réduction…

Je l'ai remercié. Pauvre Aristide ! Il ne désarmait jamais. C'était si dur de survivre.

Je suis rentré, harassé. J'ai pensé au contre-coup. Je n'avais pas dormi tellement ces derniers mois, j'avais toujours peur de ne pas l'entendre la nuit si elle m'appelait. Je ne devais pas suffisamment manger non plus. Autre chose m'inquiétait : il y avait une quinzaine de jours, j'étais monté avec une prostituée dans un hôtel des Halles et je n'étais arrivé à rien. C'est vrai qu'elle n'était ni belle ni jeune, elle paraissait blafarde dans la lumière au néon de l'escalier, et j'avais eu soudain la sensation qu'une partie de moi était morte à jamais, qu'elle ne reviendrait plus, que cet objet qui se trouvait entre mes jambes y était par inadvertance, que la vie l'avait fui et que j'en avais fini avec l'amour. Cela ne m'a pas causé un grand chagrin, mais j'ai pensé qu'il me faudrait voir un médecin. J'ai téléphoné à Maudran. Il avait enterré la mère, il pouvait bien à présent s'occuper du fils.

Je suis tout de même allé faire cours. J'ai failli m'endormir lors de l'exposé d'un étudiant, l'heure suivante était consacrée à un commentaire de texte, un chapitre d'un bouquin de Zazzo. C'est un exercice dans lequel je n'excelle pas, certains sont très forts dans ce domaine, mon collègue Lagache y brillait : il suffisait de lui donner une phrase d'auteur, même anodine, et il pouvait passer des heures à pérorer, décortiquant, renvoyant de cause en conséquence, un travail d'universitaire. Je suis loin d'avoir son brio et j'ai éprouvé, à la fin du cours, le même sentiment que je ressentais, écolier, en entendant la cloche libératrice.

Dès mon retour à la maison, j'ai senti la migraine.

Une vieille compagne d'enfance. Je pouvais vivre avec pendant des semaines. Elle m'avait abandonné un jour, sans raison apparente, et voici qu'elle revenait.

Il y avait des tas de classeurs dans les tiroirs du bureau, dans les placards.

J'ai décidé de procéder méthodiquement. Ce serait bien le diable si je ne trouvais rien concernant Mme Clamp. Maman avait recueilli tant de bulletins, de papiers, d'articles. Il fallait chercher, ne rien laisser échapper. J'ai commencé mon travail, accroupi sur le tapis du bureau.

Il y avait des listes, interminables, des noms, des horaires de trains, des procès-verbaux, des rapports de Kapos, de commandants de camps. Quelquefois, la traduction du texte allemand était fixée par un trombone : composition de commandos, consommation d'essence, tours de garde, cahiers de punitions, commandes d'alcool pour le mess des officiers. Pourquoi avait-elle gardé tout cela ? Pourquoi ?

Un jour, je me débarrasserai de tout, j'en ferai don à des organismes officiels, à des historiens.

Lorsque j'ai levé la tête, je me suis senti ankylosé d'être resté si longtemps dans la même position. Je me suis redressé avec peine et mes yeux se sont portés sur la photo.

Elle reposait sur le sous-main.

Je me suis assis au bureau, la lumière de la lampe tombait droit dessus et j'ai aperçu un détail qui m'avait échappé jusque-là.

C'est vrai que je n'avais pratiquement prêté attention qu'aux deux visages, celui de ma mère et celui d'Olivia Clamp.

Mais à présent, je pouvais voir autre chose.

Elles étaient l'une et l'autre appuyées contre un buffet style Henri II et, derrière elles, on devinait des objets : un cylindre qui devait être un obus de la guerre 14-18 dont on avait travaillé les bords pour tenter de le faire ressembler à un vase, à demi masquée par le coude de ma mère une pendule surmontée d'un cavalier en bronze sans doute doré et, sur la droite, une photo dans un cadre.

La photo était nette. Maman le disait, mon père s'y connaissait, il manquait rarement ses clichés. J'ai cherché une loupe. Je l'ai trouvée facilement dans le tiroir central. C'est là où elle rangeait le matériel : l'encre, les plumes, les agrafes, toutes les fournitures.

J'ai regardé de près la photo du cadre et, à travers le grossissement du verre, j'ai pu voir les détails. C'était une rue de village déserte. Au centre, au pied d'un monument aux morts, se dressait une jeune fille. Elle souriait à l'objectif. C'était Mme Clamp.

Elle était plus jeune, dix-huit ans peut-être, elle se trouvait donc présente deux fois sur le même cliché.

Il y avait deux autres choses intéressantes.

On voyait nettement se détacher sur le ciel un poilu

de la Grande Guerre. Il semblait blessé, à demi écroulé sur un rocher, il tenait un fusil de la main gauche et levait la droite vers le ciel : au creux de sa paume, une colombe s'apprêtait à l'envol.

Un exemple parfait de la statuaire guerrière à l'usage des municipalités rurales. Il devait y avoir, gravée dans la pierre, la liste des morts du village et, bien sûr, le nom de ce dernier. Malheureusement, la future Mme Clamp n'avait pas posé devant ce côté du monument.

Elle avait vécu là, je le sentais.

La photo n'avait pas été prise au cours d'un voyage ou d'une promenade. Cette fille était habillée comme tous les jours, une jupe sombre, un corsage clair, presque un uniforme d'employée de bureau, voire de serveuse. Elle avait traversé la rue, enlevé son tablier et s'était postée là, souriante devant l'appareil.

Derrière elle la rue, plate, filant vers ce qui devait être des champs. Aucune caractéristique, des maisons basses accolées, des portes cochères et un bistrot. La perspective déformait les lettres mais, en m'appliquant, je suis arrivé à déchiffrer « … la Semois ». « Café de la Semois » ou « Bar de la Semois » ? Où était-ce ? un bled perdu dont je ne pouvais évidemment connaître le nom. Y était-elle restée quelques mois ou plusieurs années ? Les êtres humains n'ont pas le même visage dans les lieux qui sont les leurs que dans ceux où ils se trouvent de passage. Leurs traits dans le premier cas reflètent une familiarité avec le décor, il y a toujours quelque chose de figé lorsqu'ils sont en visite. Là, devant ce soldat brandissant cet oiseau, elle était chez elle, indubitablement.

Une piste. Fragile mais une piste. De toute manière, c'était la seule.

J'étais passé au 32 de la Neuve-des-Boulets et j'avais cherché la concierge. Il n'y en avait plus, la loge avait été transformée en appartement locatif. Je suis ressorti et j'ai regardé les noms sur les rangées de boîtes aux lettres. Pas de Mme Clamp.

Il aurait été époustouflant qu'elle soit restée là, à cinquante mètres de sa victime ! Un homme a descendu les escaliers, il a compris que je cherchais quelqu'un et s'est approché. Soixante-dix ans, en gros. Il n'avait pas une tête à déménager souvent. Je lui ai demandé s'il ne connaissait pas ou n'avait pas entendu parler d'une certaine Mme Clamp qui avait vécu ici pendant la guerre, et peut-être après. Il m'a dit que ce nom ne lui rappelait rien mais qu'il n'était arrivé, lui, qu'en 1953, et que les gens bougeaient plus qu'on ne le croyait, que c'était une manie, que lui, par exemple, il avait eu, depuis qu'il était là, au moins une quinzaine de voisins de palier différents... ce n'était plus comme autrefois où les gens de la maison formaient comme une famille, on pouvait se rendre des services, tout cela s'était perdu...

J'ai eu du mal à m'en sortir, il m'a suivi jusque sur le trottoir sans cesser de regretter l'avant-guerre où tout était si convivial.

Quelques jours ont passé ; un matin, en remontant le boulevard Saint-Michel, j'ai pensé à une autre piste : si cette femme avait été propriétaire et avait vendu ou si elle avait été locataire et avait donné congé, dans les deux cas, je pouvais m'adresser au syndic. Mais à quoi cela m'avancerait-il ? à connaître la date de son départ, et après ? Elle n'était pas obligée d'indiquer l'endroit où elle se rendait et le syndic n'avait pas à donner ce genre de renseignement.

Non, décidément, j'allais laisser tomber.

Je dormais mal, à tel point qu'il n'était pas rare que je me relève la nuit et m'installe à l'ancien bureau de maman pour travailler un peu. J'avais commencé une sorte de thèse sur le rôle de l'accent dans l'acquisition du langage chez l'enfant. Je ne savais pas très bien où j'allais encore. L'idée était que la musicalité particulière des mots, variant avec les régions, pouvait entraîner une connaissance plus ou moins rapide du vocabulaire et de la syntaxe. Il n'y avait jamais eu d'études faites dans ce domaine. L'idée m'était venue dans le métro, une fillette pourvue d'un bel accent méridional n'avait pas arrêté de jacasser avec sa mère, et j'avais été surpris par la profusion et la rapidité de son élocution. Était-il possible qu'une prononciation plus fermée, comme dans le parler du Nord, puisse entraîner une difficulté dans la formation du discours ou, tout au moins, un ralentissement par rapport à une élocution où les syllabes, en particulier les dernières, étaient marquées, voire amplifiées ? J'avais commencé à jeter des notes à ce propos, je pouvais proposer cette hypothèse dans une revue genevoise où j'avais fait paraître quelques articles.

Un soir, j'étais donc installé devant mes feuilles lorsque, sans l'avoir décidé, j'ai ouvert le dictionnaire. Il était dans la maison depuis toujours, un Larousse en deux volumes datant de 1923. J'ai cherché « Semois » et j'ai trouvé. C'était une rivière des

Ardennes qui coulait à la fois en France et en Belgique, elle se jetait dans la Meuse et faisait deux cents kilomètres de long. Il était aussi mentionné que son cours était sinueux et pittoresque.

J'ai cherché une carte des Ardennes et je l'ai trouvé. C'est vrai que ça serpentait beaucoup, peu de villages étaient indiqués, il y en avait un qui s'appelait « Bouillon ». Le confluent se situait à Monthermé. Des pays perdus.

Une question se posait. Est-ce qu'un café qui s'appelait « Café de la Semois » se trouvait près de la Semois ? Il y avait des chances pour qu'il en soit ainsi, mais ce n'était pas sûr. Paris possédait bien des « Hôtel de Dunkerque » et des restaurants « À la ville de Toulouse ».

Le dimanche est arrivé.

J'ai, dans un premier temps, envisagé de le passer à travailler. J'avais un bouquin de phonétique de quatre cents pages à lire, je n'étais pas sûr que ça me servirait beaucoup, mais on ne savait jamais, ça pouvait préciser quelques points qui restaient assez vagues dans mon esprit. En fait, mon idée pour l'article était en partie liée à la biologie. Pour simplifier, on pouvait dire que, pour proférer leurs premières syllabes, les enfants, suivant les pays et les régions, utilisaient différemment leurs cordes vocales, les muscles de leur bouche, comme la langue, etc. Je n'étais pas au bout de mes peines.

Le frigidaire était vide, je n'avais pas envie de faire le marché, j'ai toujours trouvé triste le marché du boulevard Voltaire. En général, on prétend que c'est gai et ça devrait l'être, il y a les couleurs, les sons, le

mouvement, « elle est belle, elle est belle ma salade » !
En fait, je trouve ça déprimant. Pas question de restaurant, ils sont tous fermés ce jour-là, et puis les gens
rentrent chez eux vers midi avec des gâteaux, des
pyramides de papier et des cartons plats, et on devine
des repas de famille. Pourquoi cela me sape-t-il toujours le moral ?

Il faisait beau et j'ai décidé d'aller aux Puces de
Clignancourt. Le métro était presque vide et j'ai refait
surface à l'autre bout de Paris, à la limite des banlieues. J'y étais déjà venu quelquefois, je n'y achète
jamais rien, mais j'aime bien la promenade. Il traîne
dans les allées des messieurs un peu lents, des fure-
teurs, une faune aux trafics mystérieux, les marchands
somnolent ou belotent entre des armoires rafistolées
et des mannequins qui perdent leur rembourrage, des
musiques nasillardes sortent des gramophones et l'on
vend des frites et des saucisses en plein vent.

J'ai commencé à flâner et je me sentais bien, cela
ne m'arrivait pas si souvent, mais là, à déambuler
parmi les objets désuets d'un monde disparu, je me
sentais à l'aise. Tout ce qui m'entourait avait vieilli,
s'était désamorcé, les années, en fuyant, avaient laissé
sur la berge ces reliques dérisoires et démantibulées.
Il y avait beaucoup de portraits dans des cadres au
verre fendu, des cors de chasse, des voitures d'enfant,
un bric-à-brac dont le sens s'était perdu.

Je me suis enfoncé dans le dédale du marché Ver-
naison, certaines ruelles sont couvertes, ça fait un peu
labyrinthe par là.

Dans un angle, une mémé marchandait une théière

de porcelaine et, dans le renfoncement, il y avait une pancarte : DIGOIN. CARTES POSTALES EN TOUT GENRE.

Je me suis arrêté. Des boîtes s'alignaient sur plusieurs niveaux. Un costaud à moustache achevait une gamelle qu'il avait fait réchauffer sur un poêle à alcool. J'ai supposé que ce devait être Digoin. Je me suis approché, les cartes étaient classées soigneusement par genre : églises, bouquets de fleurs, Riviera, fêtes et anniversaires…

Toutes étaient écrites. Quelquefois le timbre avait été collé sur la photo, le plus souvent au dos.

« Bonnes vacances 1934 à Dinard. On pense à vous. Colette et Didi. »

« Une pensée de Vals-les-Bains. Retour le 14. Baisers d'André. »

Ce n'était pas toujours lisible, l'orthographe était déficiente.

« Pour Mammie de la par de Toutou et son Pierrot ce souvenire du Touquet. »

J'ai rangé la dernière que j'avais sortie au hasard et mes yeux sont tombés sur la section MONUMENTS AUX MORTS.

Dans ma tête, l'image a surgi : le poilu de 14-18 brandissant sa colombe. Le retrouver ici serait un hasard incroyable, mais savait-on jamais ? J'ai commencé à regarder les vues les unes après les autres. Des statues toutes différentes et pourtant curieusement semblables sur des places de villages. Un soldat triomphant chargeait à la baïonnette ou agonisait dans les bras d'une femme éplorée qui devait personnifier la Patrie. Tous avaient le même visage, celui d'un Gaulois robuste comme si le troufion de la

Grande Guerre était le direct descendant des soldats de Vercingétorix.

– Vous êtes collectionneur ?

– Pas vraiment, mais ça m'intéresse.

Digoin s'est approché et on a bavardé un peu. Il m'a expliqué qu'il y avait des mordus ; ils traînaient là tous les dimanches, ils recherchaient des choses précises, c'étaient des spécialistes de la statuaire commémorative. Pendant toute une époque, au long des années vingt, des photographes s'étaient baladés dans tous les villages et avaient fait éditer leurs clichés en cartes postales. Il y en avait autant que de communes en France, près de trois cent mille. On trouvait des choses curieusement ridicules et emphatiques, mais toujours émouvantes, des joueurs de trompette en bandes molletières, des morts couchés, des blessés assis, des combattants debout, parfois ils étaient plusieurs, parfois c'étaient des allégories, des déesses ailées avec des palmes, tenant des glaives ou des lauriers au-dessus des casques des héros… statues de pierre ou de bronze suivant l'état des finances de la mairie. Le nom des sculpteurs figurait sur le socle, ils n'étaient pas très connus, certains avaient travaillé en série, ça devait être le rêve pour eux, leurs carnets de commandes bourrés, pas de chômage pour les artistes dans ces années, la guerre avait ses bons côtés lorsqu'elle était finie.

Il se passionnait, Digoin, il s'y connaissait très bien, il m'affirmait que le département le plus riche en monuments aux morts était le Loir-et-Cher ; le Bas-Rhin et la Marne n'étaient pas mal non plus, évidemment, ces deux derniers avaient été bien placés pour ce qui était de l'invasion et du massacre. Il a fini par me demander si je cherchais quelque chose de particulier.

Je lui ai dit que j'avais le souvenir d'une statue dans un bled des Ardennes dont j'ignorais le nom. Il a farfouillé tout de suite dans une boîte où les départements étaient classés par ordre alphabétique. Il a trouvé Rocroy, Carignan, Bazeilles, mais ce n'était pas cela. Sur une, deux fantassins de fonte poussaient un 75 de campagne avec un coq battant des ailes au-dessus d'eux. Je lui ai décrit ce que je cherchais, il m'a dit qu'on pouvait trouver, que c'était une question de chance et de patience, je n'avais qu'à passer de temps en temps, il me la garderait s'il trouvait, il s'en souviendrait, il avait une excellente mémoire, c'était son métier.

Du coup, je lui en ai acheté quelques-unes pour qu'il n'ait pas perdu son temps avec moi, j'ai choisi le sergent Bobillot : c'est un cas unique, le sergent Bobillot, c'est le seul troufion statufié qui ne soit pas anonyme. L'Histoire conserve le nom des officiers supérieurs, et encore, en dessous de général, ça devient délicat. Bobillot est l'exception. Qu'est-ce qu'il a bien pu faire ? Il a fière allure, son flingot à la main, il porte un casque colonial qui doit dater des guerres tonkinoises. La statue, m'apprend Digoin, a disparu en 1942, le bronze a dû être fondu – on n'a pas idée d'être seulement sergent et d'avoir son effigie dressée en plein carrefour ! Elle n'était pas loin de chez moi d'ailleurs, à l'angle des boulevards Voltaire et Richard-Lenoir. Il me semble qu'il doit rester le socle.

J'ai encore fait un petit tour entre les étalages en plein vent et je suis rentré. C'était tout droit par Barbès et République.

Sur le boulevard Magenta, l'idée a germé.

Je ne sais pas pourquoi, c'est à cet endroit précisément que j'ai envisagé le voyage. J'étais arrêté à un feu rouge et il y a eu un coup de vent tiède qui a pris la rue en enfilade, un vent qui sentait le printemps. J'étais en vacances dans quelques jours pour une bonne semaine, si j'allais les passer dans la verdure ?

J'avais envisagé d'écrire, tranquille, chez moi, mais après tout, je pouvais bien m'octroyer un peu de campagne. Ce qui renforçait ma décision, c'était de me dire que les confins des frontières du Nord-Est n'étaient pas un endroit particulièrement touristique, je ne risquais pas d'y rencontrer des bandes de campeurs.

J'avais de ces régions une image floue de rivières sombres et lentes coulant entre des rives grasses, des villages perdus dans des forêts que le froid immobilisait six mois de l'année. La neige devait à peine avoir fondu dans le creux des vallées. C'était le pays des sangliers.

J'avais aussi un peu envie de conduire ma voiture, ce n'était pas que j'étais un fanatique du volant, mais tout de même, ça pouvait être agréable de rouler, tranquille, par des chemins déserts. Je m'arrêterais dans des restaurants vides où on me ferait une omelette pour me dépanner, quatre péquenots taperaient la belote dans le fond du troquet. Une balade, peinard. Même si je trouvais le village, qu'est-ce que ça m'apporterait ? Rien sans doute, mais au moins, je n'aurais rien à me reprocher, j'aurais tout fait pour tenir ma promesse.

C'était décidé, je partirais le lundi, détendu. Ça pouvait faire quoi comme distance ? Trois cents ou quatre cents kilomètres ? Pas la mer à boire.

Je suis rentré claqué, la marche m'avait fatigué. La campagne me ferait du bien, j'avais besoin d'exercice.

Pendant les jours qui ont suivi, je me suis senti assez gai, enfin plus que d'habitude. Je suis allé m'acheter une valise à la Samaritaine. J'en avais trouvé une dans le fond du placard, mais elle était trop petite, c'était celle qui m'avait servi pour la colo. Il y avait encore mon nom sur une étiquette collée à l'intérieur. Mauvais souvenir.

J'ai également acheté une carte de la région et j'ai commencé à tracer mon itinéraire. Première étape à Monthermé et, de là, je descendrai la rivière jusqu'au bout. Le bout, c'était Arlon, en Belgique.

Du coup, je me suis fait faire un passeport, ce qui m'a occupé plus que je ne le croyais. Sur les photos d'identité, j'avais l'air triste, romantiquement triste. Je ne me connaissais pas ce regard, j'avais l'air, malgré le flash, de méditer des choses profondes. Un mètre soixante-seize, yeux gris, signes particuliers : néant. Je continuais à évoluer dans l'invisibilité.

C'est pendant cette période que j'ai déjeuné plusieurs jours de suite avec Kressman. On se tapait un jambon-rillettes avec bière entre deux cours. On n'avait jamais sympathisé jusqu'à ce moment-là et je dois avouer que, la première fois, ça ne m'enchantait pas beaucoup de partager mon repas avec lui. Il est historien et prépare une thèse sur Vichy.

Assez vite, je me suis aperçu que, malgré les apparences, il était très peu sûr de lui, beaucoup moins, en tout cas, que je ne l'avais imaginé, ce qui m'a sensiblement rapproché de lui.

Physiquement, c'était un mou, un excédent de chair molle dans les joues. Il vivait dans le Marais, rue Sainte-Croix-de-la-Bretonnerie et – le contraire eût été miraculeux – une bonne partie de sa famille avait disparu dans les camps.

Sans entrer dans les détails, je lui ai tout de même raconté que je cherchais quelqu'un qui, peut-être, aurait dénoncé mes parents.

Il a hoché la tête et m'a dit que bien des archives sur ce sujet avaient été perdues ou, pour des raisons diplomatiques, restaient fermées. Il y en avait partout, au ministère des Affaires étrangères à Paris, dans les principales villes d'Europe de l'Est, dans les ambassades de plus d'une vingtaine de pays. On retrouvait des documents enfouis, enterrés. On avait, encore récemment, mis au jour plus de deux cents journaux intimes, cachés dans les ruines d'un four crématoire en Pologne. Il m'a affirmé, tout en mordant dans son sandwich, que l'on n'en était qu'au début de la recherche, des registres entiers étaient encore classés confidentiels.

C'est lui qui m'a donné l'adresse d'un organisme : le Centre de documentation juive contemporaine ; je me suis souvenu que maman avait correspondu quelque temps avec eux. Kressman a prétendu que, peut-être, ils pourraient m'aider. Assez rapidement, nous avons parlé d'autre chose.

Il y avait du bruit autour de nous, des étudiants, des étudiantes… la mode pour les filles était aux cheveux longs et frisés, aux rires sonores. Je me suis souvenue de celle à la queue-de-cheval qui, le jour du baccalauréat, n'avait pas attendu la réponse à sa question. Elles étaient toujours aussi lointaines : de ce côté-là, rien n'avait vraiment changé.

J'avais finalement décidé de partir le jeudi.

Le mardi, j'ai commencé à faire marche arrière. Ce genre de lent revirement s'est produit souvent par la suite, chaque fois que je devais m'écarter de mon onzième arrondissement. Quelques jours avant la date fixée, Paris est à mes yeux paré de toutes les qualités, pourquoi alors le quitter ? C'est une ville qui m'est familière et douce, elle s'est peu à peu refermée autour de moi, c'est un grand cocon de pierres amicales au milieu desquelles j'évolue avec sérénité, un lieu fait pour le flâneur, que je parcours sans lassitude. J'y possède mes itinéraires, rive gauche-rive droite, je passe sur les mêmes ponts presque chaque jour, les îles se recroquevillent dans l'hiver, s'élargissent l'été dans l'exultation du soleil, j'en aime les berges gelées, la canicule qui frappe les toits de plomb. J'y ai mes bistrots, les vitrines où je m'arrête chaque fois, les librairies où je feuillette, les cinémas où la caissière me salue. Qu'est-ce que j'irais faire loin de tout cela ? Rouler dans une campagne dont l'enfance m'a donné horreur ? Me trimbaler dans des régions frontalières à la recherche d'un soldat de bronze perché sur un socle de pierre ? Il faudrait être cinglé. Je serais bien mieux

chez moi à cogiter sur mon travail, à revoir rue Champollion des vieux films en noir et blanc, festival Bogart,
Lubitsch… M'offrir une femme un soir dans une rue
des Halles, un coup d'amour tarifé dans l'odeur des
salades, rue des Prêcheurs, de la Grande-Truanderie,
Saint-Denis. Elles sont là sous les porches… sur les
trottoirs, là où les cageots s'entassent, où l'eau des
caniveaux charrie des fruits trop mûrs. Nous montons
l'escalier d'un vieil hôtel, quelques minutes dans la
pénombre bleue d'une chambre étroite, la rumeur de
la nuit passe par la fenêtre… Pourquoi quitter cela ?

Il y a la promesse.

Ça pourrait peut-être ne pas être suffisant, je n'ai pas
une grande conscience morale, mais il y a aussi la curiosité, un désir indéfinissable. J'ai donné ma parole, elle
est morte quelques instants après, un peu en paix parce
qu'elle m'a cru. Sans grands principes, je dois tout de
même respecter cette volonté, retrouver, savoir.

Le mercredi, je suis allé au cimetière.

J'ai du mal à m'émouvoir devant une tombe.

Je vois parfois, au cours de mes passages dans les
allées, des gens prostrés sur des tombeaux, devant les
stèles. La proximité du défunt agit sur eux. Ils doivent
avoir besoin de cette présence enfouie sous la terre
et le marbre, ce sont les mêmes qui rangent les vases,
les urnes, jettent les fleurs fanées. On devine que
certains entrent en ces lieux comme pour un rendez-
vous. Il y a rencontre entre le mort et le vivant.
Chaque fois que j'y suis allé, j'ai toujours trouvé un
vieux monsieur, installé sur un pliant, en train de faire
la conversation. Je suppose qu'il devait donner les

dernières nouvelles du jour. Une journalière causette entre les deux mondes.

Personnellement, je n'éprouve pas grand-chose en ces lieux. Je regarde le nom gravé, les dates de naissance et de mort – À MA MÈRE –, mais rien ne se passe. Elle est beaucoup plus présente, certains soirs lorsque je rentre dans l'appartement vide. Son ombre se met alors à rôder, c'est là que les larmes me viennent, devant l'évier, à son bureau, errant dans le couloir… à la recherche de sa sombre et fragile silhouette.

Je suis donc allé au Père-Lachaise la veille d'un départ de plus en plus hypothétique. Ce n'est pas loin de chez moi, il y a toujours beaucoup de touristes étrangers qui visitent.

Il était assez tard et j'avais peur que les gardiens ne ferment.

Je me suis planté devant le caveau et il s'est produit exactement la même chose qu'autrefois, lorsque je dissimulais mon carnet de notes parce que les bulletins n'étaient pas fameux : je n'ai pas osé lui dire que je ne partais pas.

Je me serais flanqué des gifles : j'avais dépassé la trentaine, elle reposait sous la terre et je continuais à lui mentir comme un écolier, un garnement.

J'ai mis ma main sur la pierre avec le sentiment profond d'avoir l'air tout à fait con et j'ai dit : « Bon d'accord, j'y vais. »

Je suis parti. Je me sentais d'assez mauvaise humeur en franchissant les grilles et en retrouvant la rue : j'avais la sensation de m'être fait avoir. Par qui ?

Le jeudi matin, je me suis installé au volant à dix heures précises, comme je l'avais prévu. C'était la bonne heure pour éviter les embouteillages aux portes de Paris ; ceux qui allaient au travail y étaient déjà et j'ai quitté la capitale sans encombre.

J'étais bien. Un mélange de liberté, de solitude avec juste un léger soupçon d'angoisse pour pimenter. Je ne savais pas d'où elle venait, peut-être justement de cette disponibilité totale qui était la mienne.

Les banlieues m'ont paru interminables, Pantin, Le Raincy, les villes nouvelles, tout cela ne finissait pas de traîner entre ville et campagne, une écharpe sale de hangars, granges, H.L.M., et puis, peu à peu, les bâtiments se sont espacés, une allée d'arbres a ouvert le chemin. C'était en haut d'une côte assez longue et j'ai plongé d'un coup dans une vallée large et déserte. Cela m'a troublé, il y avait trop d'espace, trop de vide, j'avais d'ordinaire des jalons autour de moi, des murs, des façades, et là, brusquement, rien n'arrêtait le regard, juste une mer de champs labourés à perte de vue.

Des nappes de brouillard stagnaient par endroits et, quand le soleil parvenait à traverser, je roulais dans une poussière blonde et maladive, telle la chevelure d'une femme trop pâle sortant du lit de l'hiver, encore flageolante, un matin convalescent.

J'ai remonté la vitre pour laisser entrer le vent. Ce n'était que le début, mais je me suis senti tout à coup assez euphorique, suffisamment pour me demander pourquoi je ne voyageais pas plus souvent.

J'ai déjeuné à Reims. Je m'étais un peu perdu dans les quartiers périphériques et j'ai fini par manger un steak-frites dans une sorte de routier, j'avais garé ma 3 CV entre deux poids lourds. Tout allait bien.

J'ai repris le volant avec plaisir, la voiture commençait à me devenir familière, la troisième accrochait un peu et je me suis promis d'en parler au retour au garagiste du boulevard Voltaire, mais on n'en était pas là.

En fait, j'avais calculé trop large pour le temps du trajet : moins de deux heures plus tard, j'étais à Charleville. Il n'était pas quatre heures de l'après-midi.

Je me suis installé à l'Hôtel des Ardennes. Il se situait sur une place très calme, et la dame de la réception, qui devait être la patronne, a eu l'air étonnée de me voir. Elle m'a expliqué qu'en cette saison les voyageurs étaient encore rares. J'ai pensé qu'ils devaient l'être toute l'année. Ma chambre était au second, les plafonds étaient hauts, le lit à barreaux de cuivre occupait toute la largeur de la pièce, le parquet et les meubles sentaient l'encaustique. Si j'avais froid, il y avait des couvertures supplémentaires dans l'armoire et l'on pouvait me monter un poêle d'appoint car les nuits étaient fraîches.

Nous avons bavardé, elle a paru rassurée lorsqu'elle a lu sur ma fiche que j'étais professeur. Lorsque je lui ai proposé de payer deux nuits d'avance, elle a été conquise. Pour éviter des questions, je lui ai dit que j'avais de la famille dans un village proche, que je lui rendais visite mais que, aimant mon indépendance, je préférais rentrer chaque soir à l'hôtel.

J'ai mangé là le soir même. Nous étions deux dans la salle, un voyageur de commerce et moi ; il était à un bout du restaurant et moi à l'autre. On nous a servi de la soupe, du bœuf gros sel, et, lorsque j'ai refusé le fromage, la serveuse m'a dit avec reproche que c'était compris dans le prix. Je m'en suis tenu au dessert, une crème caramel gélifiée qui m'a doulou- reusement rappelé les tapiocas de mon enfance. Tous ces mets étaient abondants et ternes, c'était peut-être dû aux lumières trop sourdes et au silence qui planait. De temps en temps, un tintement de fourchette contre une assiette, un raclement de chaise et c'était tout.

La province. Vieillotte et reculée.

J'ai regardé la salle : l'alignement des tables, des nappes, les couverts mis pour des dîneurs qui ne dîne- raient plus. Derrière les carreaux, les lampadaires de la place s'étaient allumés mais il n'y avait toujours aucun piéton, une impression d'inutilité. À quoi ser- vaient ces lieux ? En plus de la propriétaire et de la serveuse, j'avais aperçu une silhouette dans l'escalier, une femme montant avec des piles de draps. Que maintenaient-elles toutes ensemble ? L'établissement s'enfonçait dans l'oubli, il sentait la mort déjà. La salle à manger tournait à la nécropole... certains soirs l'hôtel devait être totalement vide.

Le café m'a paru bouilli, ou bien il y avait trop de chicorée, c'était peut-être une spécialité dans le pays. Sitôt avalé, j'ai quitté la table, nous nous sommes salués de loin, l'autre convive et moi, il s'attardait, les yeux dans le vague, à siroter une vieille fine. Il devait avoir envie de se faciliter le sommeil. S'il passait la plupart des soirées de sa vie dans de pareils endroits, il pouvait être difficile de ne pas sombrer dans le digestif à répétition.

La patronne m'a intercepté sur le chemin de ma chambre : si je le désirais, je pouvais lire au salon, il y avait des magazines, un feu dans la cheminée. J'ai décliné l'invitation. Elle devait vouloir faire bonne impression afin que je puisse conseiller son établissement à des amis : un professeur, ça devait connaître tellement de monde !

On a un peu discuté dans le soir déclinant. On ne voyait déjà plus les colonnes du hall et elle m'a raconté : c'était autrefois le premier et le plus grand hôtel de la ville, sa mère le tenait de sa grand-mère. Il avait connu des heures de gloire, on refusait du monde le soir, soixante-dix couverts, ce n'était pas rien. Des guerres s'étaient succédé qui n'avaient pas arrangé le commerce, à présent les gens voulaient du moderne, du néon… il faudrait tout refaire, tentures, peintures, enlever les boiseries, mais c'était trop tard… de toute façon elle allait prendre sa retraite et elle vendrait : elle n'aurait pas de difficultés à trouver un acheteur, il raserait les murs et bâtirait un immeuble de bureaux. Il m'était difficile de la réconforter. Que lui dire ? Que l'avenir s'ouvrait devant elle, radieux ?

J'ai fini par m'endormir avec le sentiment agréable d'être à l'abri, au fond d'un lit profond, au cœur d'une ville disparaissant dans la brume du passé. Les Ardennes, qu'est-ce que c'était exactement, les Ardennes ? Des collines ? Des forêts ? Je le verrai demain. Un chien a aboyé au cœur de la nuit, il était loin, aux limites de la ville : quelque chose semblait le pousser plus avant, et une autre l'empêchait d'entrer dans la cité.

Pourquoi maman m'a-t-elle parlé de cette histoire si tard ? Est-ce qu'il y a eu un M. Clamp ? Sûrement non, elle me l'aurait dit, ses soupçons auraient alors également porté sur lui, et puis je me rappelais bien ses paroles : Mme Clamp les avait invités chez elle, elle était venue chez eux... Que faisait le mari ? Mort ? Ou bien était-elle divorcée ? Mais le divorce ne se produisait guère souvent avant la Seconde Guerre mondiale, les mœurs se sont petit à petit relâchées après. M. Clamp n'était-il pas tout simplement souvent absent ? Lui aussi voyageur de commerce. Comme celui de ce soir, il cherchait à placer dans les boutiques de la mercerie ou des fournitures de bureau, toujours sur les routes ou dans les trains, tandis que sa douce moitié dénonçait des Juifs pour occuper son temps libre de Parisienne.

Il faut dormir, le chien s'est tu... il s'est enfoncé à nouveau dans les bois ou bien, surmontant sa peur, il est enfin entré dans la ville.

5

Je sais à présent ce qui oppresse ce pays. Dans les pierres et les arbres stagne un sang noir et froid.

La Meuse violette coule sans clapotis entre des berges cahotiques, une masse puissante et grasse, presque huileuse, roule, parallèle à la route, proche d'abord, puis s'en écarte.

Je n'ai pas fait vingt kilomètres que la pancarte a surgi : VALLÉE DE LA SEMOIS. La flèche indique une route plus étroite qui monte entre les futaies.

Cette fois, m'y voici. À toi de jouer, Sherlock Holmes.

Entre les troncs, quelques plaques de neige finissent de fondre sur les tapis d'aiguilles de sapins. Un ciel d'aluminium... Si la route s'incline encore une fois à droite, je trouverai les berges.

Premier village : Les Hautes-Rivières.

Je freine, m'arrête et laisse tourner le moteur. On aperçoit les toits en contrebas, écrasés par la perspective, le clocher de l'église.

Je coupe le contact et le silence éclate. Des corbeaux, là-bas, planent, ils sont très loin, très haut. Ce ne sont peut-être pas des corbeaux, on les distingue mal, noirs sur l'étain du ciel : les croix immobiles des rapaces.

« Café de la Semois » : le soldat à la colombe.

Peut-être ici.

Je mets le contact et descends, la route tourne, s'élargit un peu, quelques maisons basses, les roues de la 3 CV tremblent sur de vieux pavés. M'y voici.

Rue Jean-Jaurès. Des volets sont fermés, des rideaux tirés, une boulangerie-épicerie, tout semble clos. Les forêts montent abruptement derrière les maisons. La frontière est à moins d'un kilomètre.

Voici la place, un bar-tabac : LE CAFÉ DES SPORTS. Il pourrait avoir changé de nom, mais ce n'est pas la même disposition que sur la photo.

J'entre. Il y a un tintement de clochettes au-dessus de la porte. Il fait très sombre à l'intérieur, le bois des tables tourne au charbon.

Je demande des Balto. Il n'y a pas de Balto, des Gitanes si je veux ou des Gauloises. Ils n'ont pas de blondes, ici personne n'en fume.

Le patron m'explique tout cela avec regret. Il a posé son journal et me regarde, les paupières lourdes. Il doit y avoir quelqu'un dans le fond de la salle, mais il n'y a pas assez de lumière pour le voir, peut-être un client devant son ballon de rouge. Une odeur de mégot froid monte. Il y a de la sciure sur le plancher, le long du bar.

Un court instant, j'ai la tentation de lui demander s'il ne connaît pas dans un village proche un « Café de la Semois », de lui décrire mon monument aux morts, mais quelque chose me retient. Une prudence dont j'ignore la raison. De plus, je me priverais du plaisir de la découverte.

La porte refermée, je sens son regard qui me suit, intrigué. Qui est-ce ? Où va-t-il ?

Impression que la nuit s'installe ici plus longtemps qu'ailleurs et a du mal à disparaître. Peut-être ai-je trouvé le lieu où elle prend naissance.

La Semois est là, sur la droite. Quelques barques grises attachées à la berge. Il doit y avoir un pont un peu plus loin, mais le brouillard m'empêche d'en être sûr. Pays de fantômes ? Les gosses du coin doivent faire d'étranges rêves.

J'ai trouvé le monument aux morts derrière l'église. Pas de statue de bronze, une simple stèle avec quatorze noms gravés. Rien ne correspond à la photo.

Je repars.

Je roule lentement pour rester à l'unisson de cet univers ralenti. J'ai mis le chauffage car l'humidité qui monte de la rivière est pénétrante.

Je suis en Belgique.

Pendant toute une période de mon adolescence, j'ai lu beaucoup de récits de voyages. Lorsque les écrivains sortent de chez eux, ils semblent toujours perdus, un rien les épate et ils en font des tartines pour peu qu'ils se retrouvent devant un paysage inhabituel, une montagne, la mer, une ville lointaine : du coup, ils inventent le pittoresque, la forme romanesque de l'incompréhension. La plupart du temps, ils sont ravis, ce sont des amateurs du dépaysement.

Onze heures déjà. Je suis le flanc des collines. C'est la région des fougères. Elles sont rouillées jusqu'à l'horizon, entre les troncs elles forment des amas rougeâtres, un enchevêtrement de feuilles oxydées… le sang coagulé des sous-bois.

Qu'est-ce que je fous là ?

J'ai fini par acheter des cigarettes à Roche-Haut, une marque belge. Le tabac me paraît trop fort mais c'est une compagnie dont j'ai besoin. Pas de monument commémoratif dans cette localité. Des maisons de brique en enfilade s'étirent le long de l'eau, des jardinets étroits prolongent les courettes.

Le Nord.

Je prends la route de Sedan. Je sens qu'il faut que je repasse en France. Il n'est pas sûr que le « Café de la Semois » soit dans un village au bord de la Semois.

Je pourrais tourner des années sans trouver. Pourtant ce village existe, il n'a pas été rayé de la carte depuis que la photo a été prise. Je ne vais tout de même pas me laisser décourager dès le premier matin.

Un peu plus de circulation ici, je double quelques poids lourds.

Voici Bouillon, je vais continuer vers La Chapelle. Je dois m'organiser davantage. Toujours cette damnée manie de m'en remettre au hasard. Il faut procéder autrement, quadriller la région, j'ai tout le temps pour ça…

Arrêt à la boulangerie où j'achète deux pains au chocolat. Et si un cafetier nostalgique, installé en plein Périgord, avait baptisé son établissement « Café de la Semois » ? Je ne me tromperais que d'un millier de kilomètres. Allons, je vais rouler jusqu'à Champierre à l'est, et je reviendrai par d'autres routes vers Monthermé. Demain, je pousserai plus loin en m'enfonçant dans le massif.

Les pains au chocolat me ragaillardissent. Je suis un grand connaisseur en pains au chocolat, ils ont été mes quatre-heures pendant toute ma scolarité primaire, mon déjeuner pendant le secondaire et une grande partie de mes études supérieures. Il ne faut donc pas me la faire sur la qualité. Je pourrais écrire un guide gastronomique les concernant.

J'ai acheté à La Chapelle une bouteille d'eau minérale. Je me suis renseigné tandis que l'épicière me rendait la monnaie : pas de monument aux morts ici. Elle n'en a jamais entendu parler, il y a seulement un mausolée au cimetière pour les victimes de la Grande Guerre. Ce n'est pas loin, je pourrais y aller à pied.

Elle est bavarde, je la remercie. Inutile de suivre son conseil : si je ne veux pas me mettre le moral en berne, c'est l'endroit à éviter. Un cimetière ardennais sur le coup de midi, alors que le jour n'arrive toujours pas à percer et ne percera plus, il n'y a rien de pire.

Durant l'après-midi, je me suis arrêté quatre fois. Sans résultats. Devant un hôtel de ville de briques noires, j'ai contemplé quelques instants un groupe guerrier taillé en bas-relief devant lequel gisait une Marianne éplorée au ventre creux. Mon réservoir était presque à sec, j'ai fait le plein à la sortie du village et je suis reparti vers Charleville. Fin de la première journée.

Bredouille.

À l'hôtel, mon hôtesse m'a demandé si j'avais passé une bonne journée, je lui ai dit que oui et suis descendu à vingt heures pour le dîner. Cette fois, nous étions trois dans la salle à manger.

Le voyageur de commerce avait disparu, remplacé

par un couple de gens âgés. Nous avons mangé en silence, le menu était le même que la veille, mais cette fois j'ai pris du fromage, le voyage m'avait ouvert l'appétit.

J'ai évité la crème caramel et je me suis rabattu sur un mendiant : noix, amandes et figues. Du coup, j'ai commandé un cognac pour faire glisser. Je me suis endormi comme une masse.

J'ai trouvé.

Je ne me souvenais pas que mon cœur eût battu aussi vite depuis l'oral du bac.

Il était quatre heures de l'après-midi exactement lorsque je suis entré dans le bourg. Il se nomme Arnal. Le plus bizarre est que j'ai su tout de suite que c'était là. Impossible de savoir pourquoi, mais ça ne faisait pas de doute.

Le soldat à la colombe était toujours là, il m'attendait.

J'ai eu l'impression qu'en tournant autour, je découvrirais sur le côté une jeune fille souriant à l'objectif d'un photographe. Elle s'approcherait de moi et me dirait : « Je suis la future Mme Clamp. »

Son visage était précis, heureux, elle a été si proche que j'aurais pu sentir son parfum.

Trois rues partaient du carrefour. Celle du centre comportait un café, le « Café de la Semois ». L'enseigne avait été repeinte, la façade aussi, mais c'était bien lui.

Sur la photo, la rue était vide, il y avait aujourd'hui

quelques voitures garées le long des trottoirs, c'était la seule différence. Rien n'avait bougé.

J'ai eu un instant de panique. Et maintenant ?

« Interroger l'habitant » : c'est une formule policière. J'avais dû la lire dans des romans, mais ce n'était pas aussi facile qu'il y paraissait, il y fallait surtout des qualités que j'étais loin de posséder. Je ne suis pas un communiquant ; si mon travail d'enseignant m'avait bien sûr pas mal appris en ce domaine, je me savais incapable de créer des rapports rapides, un climat de confiance propice aux renseignements, voire aux confidences.

Pourquoi les gens répondraient-ils à mes questions ? J'étais un étranger et je me doutais que, dans ces contrées retirées, on ne devait pas facilement ouvrir la boîte aux souvenirs.

Il fallait y aller cependant, ç'aurait été trop stupide de reculer.

J'ai pris la direction du café quand mon œil a été attiré par une petite maison en retrait. C'était la mairie.

Il y avait des indications sur la porte. C'était ouvert de dix à douze heures tous les matins, le maire recevait uniquement sur rendez-vous.

Il était onze heures quinze. J'ai poussé la porte.

Au pied de l'escalier, la porte d'un bureau était ouverte. Une femme me regardait. Petite, sa tête dépassait à peine derrière une machine à écrire d'un ancien modèle. Ce qui m'a d'abord frappé, c'était la nuance bleutée de ses cheveux. Elle avait dû aller récemment chez un coiffeur qui avait forcé sur la teinture : sa chevelure blanche avait pris la couleur parme des fleurs chétives du printemps qui n'ont pas trouvé la force d'atteindre une note plus haute…

Je n'avais rien préparé, j'ai inventé mon histoire au fur et à mesure que je la débitais.

J'étais à la recherche d'une amie de ma mère. Je voulais faire une surprise à cette dernière, lui permettre de revoir son amie d'autrefois. Malheureusement, je ne disposais que de peu d'éléments, je savais en particulier que cette dame avait vécu ici, à Arnal, avant la guerre, qu'elle s'était mariée et s'appelait Mme Clamp. Je disposais également d'une photo datant de plus de vingt ans où les deux amies se trouvaient côte à côte.

– Mme Clamp… ce nom ne me dit rien.

Elle a précisé qu'elle n'était secrétaire de mairie que depuis douze ans seulement, qu'elle connaissait le nom de toutes les familles résidant actuellement dans la commune, et qu'il fallait consulter les archives. Est-ce que je savais si cette personne s'était mariée ici ? si elle était née dans le village ? Non ? Alors ce ne serait pas facile. Elle pouvait essayer de faire des recherches, remonter sur plusieurs années. Est-ce que j'étais dans la région pour quelque temps ?

Je lui ai dit que je regagnerais Paris le surlendemain, que je pouvais repasser.

Il y avait des dossiers derrière elle, des registres classés. Il lui suffisait de se lever, de consulter, il ne devait pas y avoir une masse de gens à Arnal, mais j'ai senti qu'elle voulait se donner de l'importance, me faire attendre un peu pour me faire prendre conscience que l'obtention d'un tel renseignement n'était pas si simple.

J'ai redoublé d'amabilité, j'ai précisé que ma mère était souffrante, que ce serait très important pour elle de retrouver une amie de jeunesse. Une grande joie que je voulais lui procurer.

À un moment, pour n'avoir pas l'air de trop insister, je lui ai demandé si elle était née ici, elle m'a dit que non, pas bien loin cependant, en Argonne, mais qu'elle avait vécu longtemps à Paris avant de revenir s'installer près du pays natal.

J'ai fini par me lever, je repasserai le lendemain à la même heure, elle ne promettait évidemment rien, mais ferait son possible.

J'ai sorti une carte de mon portefeuille en m'excusant de ne pas m'être présenté, et mes doigts ont rencontré la photo. Cela ne servirait à rien, mais je la lui ai tout de même montrée.

– Ma mère est à gauche, Mme Clamp à droite.

La secrétaire a regardé le cliché que j'avais posé devant elle. En baissant la tête, ses lunettes ont légèrement glissé. Elle est restée assez longtemps devant la photo. Lorsqu'elle s'est redressée, la lumière qui tombait de la fenêtre derrière elle est devenue soudainement plus intense, le soleil allait peut-être enfin percer, et l'éclat soudain sur ses verres a masqué ses yeux. Elle a articulé nettement : « Mme Flavier. »

Je l'ai regardée, stupéfait. Elle s'est penchée à nouveau sur les deux femmes et a articulé :

– Cette femme s'appelle aujourd'hui Mme Flavier.

Je me suis rassis lentement. J'ai avalé ma salive.

– Vous êtes sûre ?

– La photo est ancienne, mais c'est bien elle, j'en suis certaine.

En prononçant ces mots, j'ai senti qu'elle se refermait, qu'elle avait le brusque sentiment d'en avoir trop dit. Elle ne savait rien de moi et elle venait, sans réfléchir, de me révéler l'identité de l'une des administrées du village. Elle s'était laissée emporter, avait-elle le droit de le faire ? N'allait-elle pas s'attirer des ennuis ?

J'ai senti passer une suspicion dans son regard. Et si j'étais un détective privé ? Ou un type louche qui cherchait des renseignements à des fins mauvaises ? Je n'ai pas pu m'empêcher de poser une nouvelle question :

— Elle habite dans le village ?

— Je ne sais pas si je peux…

J'ai levé une main apaisante.

— Je comprends vos scrupules, je voudrais simplement lui écrire pour lui proposer de rendre visite à maman. Je ne voudrais pas vous attirer des ennuis.

Elle s'en voulait. La surprise lui avait ouvert la bouche. Elle le regrettait, mais il était trop tard. Je n'avais plus qu'à sauter sur le premier Bottin venu, et si cette Mme Flavier avait le téléphone…

— Il me reste à vous remercier.

Je me suis penché sur le bureau et j'ai repris la photo. Ma carte de visite était en dessous, j'étais certain qu'elle n'avait pas eu le temps d'y lire mon nom. Je l'ai ramassée dans le même mouvement. Pourquoi ai-je fait cela ? Un réflexe.

Ne pas laisser de traces m'a paru être la moindre des précautions. Dieu sait pourtant si je n'envisageais pas d'être la cause du moindre drame.

« Trouve-la et tue-la. »

J'avais déjà pratiquement réalisé la moitié de la promesse, mais je pouvais bien me l'avouer, je n'avais nullement envie de passer à l'autre moitié, certainement pas. Je ne me voyais pas en exécuteur des basses œuvres.

Il y avait en moi une curiosité. Comment pouvait-on en arriver là ? Comment un être humain peut-il être assez salaud pour en livrer un autre ? Cette Clamp-Flavier avait-elle pu croire que dénoncer une Juive à la Gestapo était une chose juste ? Juste puisqu'on l'incitait à la faire ?…

Je suis parti très vite. J'avais l'impression d'avoir extorqué quelque chose de défendu, mais je n'ai pu m'empêcher de ressentir un sentiment de fierté : je ne m'étais pas mal débrouillé du tout. J'avais eu, sans le vouloir, la franchise des candides, l'arme peut-être la plus désarmante. J'avais, en fin de compte, obtenu ce que je voulais comme le plus fin des limiers.

Dehors, le soleil m'a accueilli sur les marches de la mairie. À quelques dizaines de mètres, le poilu dressait son bras dans la lumière, l'oiseau n'allait pas tarder à prendre son envol.

J'ai décidé de reprendre la voiture, de trouver un chemin dans la forêt et de marcher un peu. Rien ne me pressait, j'avais le temps et, surtout, à présent je reculais devant ce qui me restait à faire : je devais prendre une décision. Les événements se précisaient et il allait falloir choisir, rentrer à Paris ou continuer. Je n'avais pas envie de trancher. Pas encore.

C'est alors que j'ai vu la petite dame traverser la place.

Elle marchait au milieu de la rue.

Elle poussait devant elle un chariot de ménagère aux roues caoutchoutées parfaitement silencieuses. Le cabas qui s'y trouvait était à carreaux rouges et verts. Ce qui m'a frappé, c'est qu'elle avançait sans émettre aucun son, comme si ses pieds ne touchaient pas terre.

Elle sortait de nulle part. Derrière elle, la rue s'allongeait jusqu'aux forêts lointaines. Malgré la distance, je pouvais apercevoir son visage. Elle semblait sourire d'un air entendu.

Nous étions seuls. Brusquement, toutes les maisons m'ont paru vides. Les façades étaient un décor, il n'y avait rien derrière.

J'ai sorti les clefs de ma poche. Je devais avoir à cet instant le désir de toucher quelque chose de réel, un objet familier, pour chasser cette impression de rêve qu'avait fait surgir cette apparition.

Elle avançait dans ma direction. Une vieillarde. Des chaussettes épaisses dans des chaussures masculines, des sortes de bottillons.

Le frisson a démarré dans mes reins et a grimpé jusqu'à ma nuque. Cela pouvait s'appeler la peur.

J'ai introduit la clef dans la serrure de la portière, mais je ne l'ai pas tournée pour ouvrir. Je la voyais bien à présent. Ce n'était pas un sourire.

La lèvre supérieure s'écartait, découvrant la gencive. Une paralysie. Les séquelles d'une attaque cardiaque ou un cancer de la face.

Elle portait une canadienne kaki doublée d'une épaisse fourrure.

Je sais à présent que le destin peut prendre une

allure anodine. Une vieille dame poussant un Caddie dans une bourgade déserte du bout du monde.

– Excusez-moi, je cherche la maison de Mme Flavier.

Je n'avais rien décidé, les mots étaient sortis malgré moi. J'ignore encore aujourd'hui pourquoi. Elle s'est arrêtée. Son œil gauche pleurait. Elle s'est frottée la paupière du dos de la main, un geste enfantin, attendrissant.

Elle s'est retournée et a tendu le bras dans la direction d'où elle venait.

– Vous prenez la route vers Longue-Roche, à trois kilomètres d'ici, il y a un chemin sur la droite : c'est le chemin des Sans-Passants, vous trouverez la maison sur votre gauche. C'est dans la forêt. Vous ne pouvez pas la manquer, c'est la seule.

– Merci.

Je suis monté dans la voiture. J'allais mettre le contact quand elle a eu un geste vers moi, elle voulait ajouter quelque chose. J'ai ouvert la vitre et ai passé la tête à l'extérieur.

– Le chemin est mal indiqué, attention de ne pas le manquer.

– Je ferai attention.

Elle a hoché la tête. Elle articulait mal, la bouche morte, figée dans son rictus.

J'ai embrayé. J'ai vu sa silhouette diminuer dans le rétroviseur. Elle était toujours seule sur la place. Elle en occupait exactement le centre.

J'ai roulé doucement, surveillant le côté droit de la route. La forêt était épaisse, jamais le soleil ne devait pénétrer dans le sous-bois.

À trois kilomètres, j'ai trouvé le panneau. La flèche indicatrice avait basculé et indiquait le sol. Les lettres s'étaient délavées mais étaient encore lisibles : « CHEMIN DES SANS-PASSANTS ».

Je me suis arrêté. Une sente s'enfonçait entre les troncs. J'ai fait quelques pas et tout s'est refermé sur moi. L'emmêlement des ramures formait une haute voûte de cathédrale. Le silence encore : le plus épais qui soit. Depuis mon arrivée, il ne me quittait pas.

J'ai fait demi-tour et ai repris la direction de Charleville.

Réfléchir d'abord. J'y étais à présent. Il me fallait une nuit, une nuit pour trouver le calme, échafauder un plan ou laisser tomber.

Si j'y allais, il me faudrait un prétexte. Lequel ?

Peut-être la meilleure méthode serait-elle de me présenter sous mon nom. De lui dire la vérité, d'aller même jusqu'à lui faire part du soupçon qui pesait sur elle. Je verrais bien sa réaction, je pourrais m'apercevoir de sa sérénité ou de son angoisse. Je ne voyais pas très bien quoi inventer d'autre… Je n'allais tout de même pas jouer les voyageurs de commerce et lui proposer des aspirateurs.

Troisième soirée à l'hôtel.

J'ai presque failli aller dîner ailleurs, mais un scrupule m'a retenu. Ma pauvre hôtesse avait si peu de clients, ce serait une infidélité impardonnable.

Je suis descendu à huit heures, après avoir fumé une dizaine de cigarettes d'affilée. Cette fois, j'étais seul dans la salle à manger.

J'ai commandé une bouteille de bordeaux en

espérant trouver une solution dans le verre. La même serveuse m'a servi le même potage.

J'ai commencé à manger tandis que les dents de la nuit se sont mises à ronger les toits. Là-bas, à quelques kilomètres, au cœur des sapins géants, les lumières d'une maison s'étaient allumées. Une femme vivait là.

J'irai demain. Ou pas.

Il y avait la vertu du pardon, la paresse de l'oubli. Existait-il vraiment une utilité du châtiment ? Où commençait la justice ? Où finissait l'acharnement ? Personne n'avait le pouvoir de répondre à ces questions. Chacun faisait son choix. Je n'avais pas encore établi le mien.

Peut-être toutes ces années universitaires m'avaient-elles desséché le cœur, les études avaient tué en moi la part émotive, je n'avais envers cette femme ni haine véritable, ni désir absolu de vengeance. Elle avait d'un trait de plume changé effroyablement le cours d'une vie et en avait supprimé une autre, et pourtant je sentais à ce moment-là, dans cette salle vide, une curieuse indifférence. J'étais devenu un spectateur, un badaud. La mort de ma mère m'avait apporté une liberté que je savourais d'autant plus que je ne l'avais que peu connue. Je voulais la préserver, fuir les complications, les drames, les histoires… Je voulais être un homme tranquille, pas plus : j'aurais une chaire un jour, je ferais des conférences, des livres, je serais vieux, seul, et ce serait bien ainsi.

Je me serais parjuré. Et alors ?

J'ai mal dormi.

Le même rêve est revenu à plusieurs reprises. J'en connaissais parfaitement le décor, c'était celui de ma rue à Paris, mais elle s'était démesurément allongée. Je n'arrivais pas à atteindre ma porte qui reculait sans cesse ; lorsqu'elle aurait disparu à l'horizon, c'en serait fini, jamais plus je ne me retrouverais chez moi. Je marchais vite, je me mettais même à courir, mais rien n'y faisait, les murs, les pavés de la chaussée, tout semblait aspiré par une force lointaine qui déroulait le sol sous mes pas. J'avais beau accélérer, je restais sur place et je me suis réveillé en sueur à chaque fois.

Le lit m'a paru brusquement plus dur, à tel point que je me suis demandé si on ne l'avait pas changé. À trois heures du matin, je me suis levé pour fumer une cigarette et boire un verre d'eau.

La glace du lavabo m'a renvoyé l'image d'un type mal rasé au teint trop pâle, le battement de mes paupières m'a surpris : il était révélateur d'inquiétude, de mauvaise conscience. Je me suis trouvé maladif avec le sentiment que si j'avais rencontré un personnage semblable, je ne serais pas devenu son copain… peut-être l'aurais-je détesté ou plaint, ce qui était pire.

Je ne voulais pas voir le jour se lever, je savais qu'il y aurait quelque chose de débilitant lors de mon réveil.

Il a plu ce matin-là. Des gouttes régulières et obstinées ont zébré les vitres. Je n'aurais jamais dû venir. J'ai descendu ma valise et réglé ma note. Nous avons bavardé, la propriétaire et moi, mon départ la décidait à fermer dans les quarante-huit heures. Il ne viendrait plus personne à présent, la saison ne s'y prêtait pas,

elle rouvrirait pour l'été, jusqu'à ce qu'elle se décide
à vendre : elle se sentait fatiguée.

– C'est si lourd, un hôtel vous savez, monsieur !

J'ai opiné. J'ai cru qu'elle allait essuyer une larme.
Elle m'a accompagné jusqu'à la porte en me souhai-
tant bonne route jusqu'à Paris, je devais faire attention, il y avait des poids lourds sur la route et un
accident est si vite arrivé.

J'ai quitté Charleville en me disant que je ne
connaissais pas la cité, je n'avais même pas vu le
square où Rimbaud se promenait sous les tilleuls de
ses dix-sept ans. Je ne pouvais pas me dire que ce
serait pour une autre fois, je savais que je ne revien-
drais pas.

Un peu après le tournant, j'ai aperçu la pancarte
et j'ai engagé la voiture dans le chemin forestier. Le
terrain était très inégal et je dansais littéralement sur
le siège de la voiture. Les aiguilles de pin s'écrasaient
sous les roues, en dessous le gel avait crevassé le sol
et je roulais sur une tôle ondulée. Il y a eu un cahot
si violent que j'ai cru rompre un essieu ou fausser la
direction. J'ai abandonné la voiture. Lorsque j'ai
claqué la portière, il y a eu un frôlement derrière moi :
un rongeur que je venais de réveiller.

Je me trouvais sous les arbres. La pluie du matin
n'avait pas pénétré mais les troncs étaient humides
jusqu'à plusieurs centimètres au-dessus du sol.

Allons, le moment était arrivé.

J'ai marché deux cents mètres environ et la maison
est apparue. Elle se tenait dans une clairière en bordure du sentier. Je me souviens m'être dit que la
proximité des frondaisons devait priver l'arrière de

clarté. L'étrangeté de la bâtisse venait du contraste avec ce qui l'entourait : c'était une maison de ville en pierre épaisse transplantée en pleine forêt.

L'ensemble était clos de murs et je me suis approché de la grille. Les barreaux avaient rouillé ; devant les six fenêtres du bas il y avait des massifs de fusain aux feuilles vernissées. Du lierre avait grimpé le long de la façade, la pluie avait délayé les couleurs.

La maison se dressait devant moi, un bloc sévère, dominateur, ce que l'on devait appeler une « maison de maître », presque un manoir. Sous le toit, des lucarnes rondes, et, encadrant l'entrée, deux lions de pierre verts de mousse. L'herbe poussait entre les pavés du seuil.

Une poignée était accrochée à l'un des piliers, à quelques centimètres de ma main : je pouvais voir le fil de fer rouillé la reliant à une cloche.

C'était maintenant ou jamais. Je n'avais évidemment rien préparé, ces derniers jours j'avais développé une confiance imbécile dans mes capacités d'improvisation.

Le tintement a retenti.

J'avais l'impression que l'humidité du sol traversait mes semelles et remontait le long de mes jambes.

La porte ne s'ouvrait pas et l'espoir m'a envahi : s'il n'y avait personne, je repartirais et j'en aurais fini pour toujours avec cette histoire. J'ai sonné une seconde fois.

Rien ne bougeait dans la maison, aucun rideau ne s'était soulevé, mais mon œil a été attiré par un mouvement sur le côté du mur droit. Il y avait quelqu'un sous les arbres, je voyais une silhouette se déplacer entre les troncs. Une forme s'était redressée, elle devait être penchée vers la terre, occupée à jardiner, et à présent elle venait vers moi.

C'était un homme.

Il y avait donc un M. Flavier. Cela allait compliquer les choses.

Je pouvais voir à présent, dans la lumière qui filtrait sous les ombrages, une chevelure grise.

Il n'a pas été nécessaire que les traits de son visage se précisent pour que je sache qui il était. C'était une façon de marcher, une certaine façon de balancer les bras. Il avançait lentement vers la grille comme s'il avait craint d'arriver trop vite, comme s'il redoutait une intrusion intempestive dans ce monde fermé qui était le sien.

C'était mon père.

6

Nous sommes restés longtemps face à face, chacun d'un côté de la grille. J'avais lu dans ses yeux la lente remontée de la mémoire : le chemin à faire était long. Vingt-cinq ans. Il m'avait quitté petit enfant, j'étais ce qu'il était convenu d'appeler un homme.

C'est lui qui a parlé le premier.

– Simon…

J'ai cru un instant qu'il allait rebrousser chemin, repartir vers la maison, s'y enfouir à jamais… et puis ses mains ont tremblé sur la serrure qu'il n'arrivait pas à ouvrir.

Nous ne nous sommes pas touchés. Je l'ai suivi dans l'allée et la porte s'est ouverte. Une femme se tenait à l'intérieur, c'était Mme Clamp, Mme Flavier.

Les êtres changent peu. Moins que l'on croit. Elle avait conservé une lumière d'enfance dans les yeux, un rire dans le coin de ses lèvres.

Nous sommes restés longtemps sans parler. J'ai murmuré une phrase concernant le parquet du couloir, une phrase du style « Je vais salir… » Il faut être très con pour dire une chose pareille, mais je me sentais honteux de maculer leur sol de traces de boue ramassée sur le chemin des Sans-Passants.

Elle a dit :

– Ça ne fait rien. Entrez.

Sa voix m'a frappé. Tendre. Une voix faite pour dire des mots d'amour.

Nous nous sommes mis dans le salon, très près les uns des autres, trois fauteuils autour d'une table basse. Elle était inquiète pour lui, elle ne le quittait pas des yeux. Sur ses genoux, les mains de mon père tremblaient toujours, une vibration électrique qui faisait mal à voir.

Il s'est levé soudain et a dit :

– Il doit rester du café.

J'ai cherché des cigarettes, c'est à ce moment que je me suis aperçu que mes doigts tremblaient aussi.

– Maman est morte.

Il s'est rassis.

Elle a tendu la main vers une commode et a allumé une petite lampe qui s'y trouvait. Une lampe ancienne avec des filaments de verre ambré coulant de l'abat-jour. Pourquoi ai-je fait attention à cela ? Elle a tenu à expliquer :

– La maison est assez sombre, l'hiver nous éclairons toute la journée.

Il a dit :

– Il y a longtemps ?

– Trois semaines.

Il m'était difficile de savoir si le chagrin le submergeait soudain ou si son hébètement venait de ma présence. Il s'est secoué assez vite.

– Je vais te raconter.

108

Il a ouvert la bouche, mais ça ne passait pas. Il a émis un sanglot avec une violence presque comique : il venait de loin, comme s'il s'était retenu de vomir des larmes depuis des années. C'est elle qui a trouvé un mouchoir dans la poche de sa robe, et le lui a tendu.

J'ai fini par arriver à allumer ma cigarette, il y avait un cendrier Cinzano sur la table. Qu'est-ce qui s'était passé, bon Dieu ? Qu'est-ce qui s'était passé ?

Je me suis levé et suis ressorti dans le jardin pour laisser s'apaiser la tourmente. Elle l'avait pris dans ses bras et le berçait comme un gosse. Je ne pouvais pas supporter de les voir ainsi.

C'est lui qui est venu me rechercher, presque tout de suite. Il s'était calmé. Ses yeux étaient enflés, douloureux.

– Viens, je peux parler maintenant.

Nous nous sommes retrouvés dans la même position, chacun sur son siège. J'ai allumé une nouvelle cigarette.

La pluie a recommencé. Il faisait de plus en plus sombre dans la pièce, il y avait beaucoup de tableaux aux murs, mais je ne les distinguais pas. Je voyais vaguement des rectangles bitumeux, des meubles accrochant quelques rares reflets.

C'est elle qui a pris la parole. Elle était plus forte que lui. Sa voix était assurée lorsqu'elle s'est penchée vers moi : c'était un brave soldat, elle partait à l'assaut.

– Le 13 avril 1943, j'étais sortie chercher des chaussures au magasin du boulevard Voltaire, un modèle en toile à semelles de bois. Lorsque je suis revenue rue Neuve-des-Boulets, j'ai vu les voitures arriver, quatre hommes en descendre et entrer dans votre maison. J'ai compris tout de suite.

« Je me suis dissimulée un peu plus loin et votre mère est descendue avec deux hommes, ils l'ont fait monter dans la traction et ils ont démarré. Les deux autres étaient restés dans l'appartement.

« Je suis repartie aussitôt et me suis dirigée vers le métro, la station Charonne. Je savais que votre père en sortirait vers dix-huit heures, comme chaque soir, pour rentrer à la maison. La crainte que j'avais était que les policiers soient au courant et le guettent comme moi, mais il n'y avait personne ni en haut des escaliers, ni sur les trottoirs. Vous ne pouvez pas vous figurer comme Paris était vide à cette époque. Si quelqu'un d'autre que moi avait attendu, je m'en serais aperçue.

Elle s'est arrêtée un moment. Je la regardais. J'ai toujours l'impression que les gens me disent la vérité, je manque de méfiance : lorsque l'un de mes étudiants me raconte qu'il a été malade, qu'il n'a pas pu remettre son travail, j'ai tendance à le croire. Elle, c'était encore plus fort, je ne pouvais pas imaginer qu'elle puisse avoir inventé tout cela.

– À dix-huit heures trente-cinq, il n'était toujours pas là. J'ai décidé alors de descendre sur le quai, je connaissais la direction d'où il venait, de la République. Il n'y avait qu'une sortie, je ne pouvais pas le manquer. Deux rames sont passées, il n'était toujours pas dedans. J'ai pensé que, peut-être exceptionnellement, il avait décidé de rentrer à pied du bureau. Il faisait une belle soirée, il avait fait toute la journée un soleil de printemps et j'ai paniqué. Alors que je l'attendais, il était peut-être déjà arrivé chez lui, et il s'était fait prendre. Je ne savais plus si je devais rester ou partir. Juste au moment où je me décidais à remonter, une nouvelle rame est arrivée. Il était dedans cette fois. Je l'ai empêché de descendre, c'est moi qui suis montée et nous sommes allés jusqu'au terminus, à la Nation.

Il s'était levé pendant qu'elle continuait son récit et il est revenu avec le café, trois tasses sur un plateau, du sucre. Il s'est rassis et a continué :

– On a marché dans les rues jusqu'à l'heure du couvre-feu. C'était trop dangereux de repasser chez Olivia, la rue pouvait être surveillée, ils me cherchaient sans doute encore. J'ai pris un hôtel près de Picpus. Pendant la nuit j'ai décidé de quitter Paris.

J'ai tourné la cuillère dans ma tasse. Elle a posé sa main sur son bras, doucement, comme si elle avait craint de lui faire mal.

– Dis-lui la vérité, Max, il faut la dire toute…

Mon père s'appelle Maxime, je l'avais presque oublié.

Il a baissé la tête davantage. Tambour de la pluie. Passez vos vacances dans les Ardennes…

– Nous sommes restés ensemble cette nuit-là.

Elle a pris le temps de boire, de reposer sa tasse, de croiser les mains devant elle. Elle a lâché :

– Nous étions amants depuis plus de six mois.

Une belle combine. L'idéal pour se débarrasser de la gêneuse. Les lois raciales avaient de bons côtés, le tout était de savoir en profiter.

Elle écrivait une belle lettre : lorsque la femme était

sous clef, elle interceptait le mari, et en avant pour la grande vie.

Il y avait une autre hypothèse : lui était de mèche. Ils avaient parfaitement monté leur coup. La troisième hypothèse était qu'ils aient dit la vérité. Il fallait à présent que je sache laquelle des trois versions était la bonne.

– Et après, que s'est-il passé ?

Ils ont alternativement pris la parole pour relater le récit, peut-être avaient-ils répété en prévision d'un coup dur. C'était moi, le coup dur.

Ils avaient quitté Paris très vite, elle était repartie chez elle faire une valise, prendre de l'argent, elle avait pensé à cette maison des Ardennes qui lui appartenait, l'héritage de son premier mari, Édouard Clamp, mort au tout début de la guerre éclair, lorsque les blindés allemands avaient foncé. Elle n'y était venue qu'une fois, pour ses fiançailles, elle se rappelait parfaitement que c'était un endroit isolé, l'idéal pour se cacher. Ils s'étaient fait faire de faux papiers, les mêmes que ceux qu'ils possédaient aujourd'hui : Maxime et Olivia Flavier.

– Vous êtes restés plus de vingt ans ici ?

– Non, tout de suite après la guerre, j'ai obtenu un poste en Afrique, au Dahomey, nous y avons passé plus de dix ans, après nous nous sommes retrouvés à Madagascar, ce n'est que depuis trois ans que nous sommes revenus ici.

J'avais la bouche amère, les muqueuses brûlées par la fumée ; je n'ai pas pu m'empêcher d'en griller une autre. Je sentais qu'ils attendaient que je parle. Près

112

de deux heures que j'étais là et je n'avais pas cessé d'écouter.

– En 1945, lorsque tout a été fini... pourquoi n'êtes-vous pas revenus ?

Pour quelqu'un qui n'aimait pas les questions directes, j'avais mis les pieds dans le plat. Je m'étais surpris moi-même.

– J'ai su qu'Anne était rentrée, a-t-il dit. J'en ai été heureux. Plus qu'heureux.

– Alors, pourquoi ?

Il s'est tu et elle m'a souri. Elle avait un charme, un énorme charme, une douceur.

– Nous nous aimions.

C'était cela, bien sûr, facile à deviner, qu'est-ce qui l'attendait s'il était rentré ? La vie reprenait, sa femme, son fils, le métro Charonne tous les matins et tous les soirs de l'année, les dimanches à Ris-Orangis, et Olivia de temps en temps, à la sauvette, une heure volée, une heure d'amour déchiré. Il n'avait pas pu.

– Et moi, tu t'en foutais ?

– Ne crois pas cela, j'ai pensé à toi plus que tu ne l'imagines.

Facile tout cela, trop facile. Ils avaient réussi leur coup : innocents ou coupables, ils avaient vécu leur idylle pleinement, entièrement, sans entraves, les grands soleils d'Afrique, un couple aux colonies, et maintenant ils allaient vieillir doucement, toujours ensemble, c'était déjà commencé.

Je n'avais jamais eu de grande histoire d'amour, j'étais cependant apte à les imaginer, une grande passion dévorante qui submergeait tout et renversait sur son chemin les conventions, la famille, l'enfant. Ils avaient sauté sur l'occasion. Même s'il y avait eu remords et malheur, rien d'autre n'avait compté.

Je les ai regardés dans la pénombre de cette matinée grise, il y avait un halo autour d'eux, l'âge qui était venu ne le dissipait pas. Ils devaient faire l'amour encore, cela se voyait dans leurs yeux, dans leurs corps rapprochés. Une belle histoire. D'une certaine façon, ou sous un autre angle, c'étaient de beaux salauds... Les pires qui soient, deux chiens qui s'étaient roulés dans des draps, tandis que ma mère cavalait dans la neige, sous les matraques des kapos.

J'ai eu une poussée de haine comme on a une poussée de fièvre, une morsure intérieure, une mâchoire de fauve qui ne lâche pas sa proie et qui cherche à tuer. Je ne m'attendais pas à trouver en moi une telle rage.

— Vous allez manger avec nous, Simon.

J'ai senti une fatigue comme je n'en avais encore jamais ressenti, je ne pouvais plus décoller de ce siège, j'allais y rester toute ma vie. La colère et l'envie de laisser tomber se succédaient en moi comme le flux et le reflux d'une marée.

— Tu n'as pas parlé de toi, de ce que tu faisais.

Ils me croyaient en visite : bonjour papa, j'ai réussi mes études, je suis prof d'université, célibataire, je prépare une thèse, tout va bien pour moi, au revoir papa, on se reverra dans vingt-cinq ans...

— Je vous laisse bavarder...

Elle s'est levée pour se rendre à la cuisine. Elle avait la ligne encore. Il se dégageait d'elle une force, une vie... Tout ce que maman n'avait pas eu, même sur la photo, cela se voyait.

Nous l'avons tous deux regardée s'éloigner dans le couloir. Il a tendu la main vers le paquet de cigarettes que j'avais laissé sur la table.

– Je peux t'en prendre une ?

Je l'ai poussé vers lui.

– Je ne fume plus, mais là…

Le fiston qui revient, évidemment c'est une émotion, ça valait bien une cigarette. Il a aspiré la fumée et a croisé les jambes. Il prenait de l'assurance et j'ai compris qu'il ne fallait pas que je le laisse trop récupérer.

– Comment les Allemands ont-ils été renseignés ?

J'espérais presque qu'il allait se démonter, s'étouffer dans la fumée du tabac, pâlir. J'avais dû voir trop de films.

– Nous y avons souvent pensé. Le plus probable, c'est qu'il y a eu dénonciation.

Simple et habile.

– Tu n'as jamais su qui ?

– Jamais.

– Tu as cherché à savoir ?

– Non.

Bien sûr, pourquoi l'aurait-il fait ? Soit il savait que c'était elle, soit il était dans le coup, et même si ni l'un ni l'autre n'y étaient pour rien, il n'en avait rien à foutre. Il retrouvait tous les soirs Olivia dans son lit, il vivait avec la femme qu'il aimait, à quoi bon chercher la main qui l'avait délivré de la vie avec une femme qu'il n'aimait plus ?

– Moi, je cherche, ai-je dit.

– Pourquoi ?

– Je l'ai promis à maman.

Il a écrasé le mégot de la Balto et, quand il a relevé la tête, le sang s'était retiré de son visage.

– Tu penses que c'est moi, n'est-ce pas ?

La faiblesse est une tentation, d'ordinaire je n'y résiste pas. J'ai eu envie de dire « non », qu'il y avait des limites à l'ignominie et qu'il ne pouvait avoir fait une chose pareille. J'ai dit que je n'en savais rien.

Nous sommes restés un long moment en silence, il y a eu un bruit d'assiettes venant de la cuisine, le son d'une fourchette sur la faïence.

– Et tu es venu ici pour savoir…

Dehors la pluie s'était arrêtée. Oui, j'étais venu pour savoir.

Je suis resté deux jours.

Un chat et deux souris.

J'ai tort d'écrire cela, il m'a semblé parfois que l'inverse était plus vrai, une souris et deux chats.

Je n'avais pas eu de joie à le retrouver, lui, pas plus que je n'avais eu de peine en apprenant qu'il était mort. Je me suis souvenu de cette femme dans le train qui me ramenait vers Paris, et qui m'avait appris la nouvelle. J'avais éprouvé presque un sentiment de soulagement que je ne m'étais jamais expliqué depuis, sinon pour des raisons freudiennes qui ne me satisfaisaient pas. Un bon père est un père mort. C'était trop facile. Il n'avait jamais levé la main sur moi, je ne me rappelais aucune gronderie… Simplement, au cours des années d'enfance, je n'avais jamais guetté son pas dans l'escalier, je ne l'attendais pas pour jouer ou me raconter des histoires.

Il y avait eu l'harmonica que maman m'avait donné, mais il n'avait créé en moi qu'un attendrissement passager.

Il ne servirait à rien de relater dans les détails ces heures passées sous les plafonds de la maison Clamp, j'ai dû en oublier car ce temps est lointain. Curieusement, ce qui demeure en moi, ce sont des moments où je me suis trouvé seul avec elle : ils ont été rares, mais ce sont peut-être ceux qui ont compté le plus.

Le premier soir, elle était venue faire le lit dans la chambre qui m'était dévolue. Je m'étais déjà aperçu que c'était avec elle que mes questions étaient les plus claires.

S'il devait y avoir un éclaircissement de la vérité, il viendrait d'elle. Non pas parce qu'elle était plus à même que lui de la révéler, mais parce que j'étais involontairement plus net, plus incisif, en sa compagnie.

Je l'avais aidée à tirer les draps sur le matelas et j'avais attaqué.

— Ma mère était-elle au courant de votre liaison ?

Elle avait répondu immédiatement, elle donnait l'impression de ne jamais calculer, de ne pas réfléchir au préalable : cela pouvait signifier qu'elle disait la vérité ou qu'elle suivait un plan clair, établi une fois pour toutes et qui ne variait pas.

— Je ne le pense pas. Je ne crois pas qu'elle ait eu des soupçons, en tout cas nous avions été assez prudents pour faire en sorte qu'elle n'en ait pas.

Elle s'est assise sur le lit et ses yeux se sont fixés sur la fenêtre. Je ne suis pas sûr qu'en cet instant elle voyait le paysage qui s'étendait devant elle, la montée régulière des forêts vers les collines violettes.

– C'était une situation inextricable, d'une banalité épouvantable, nous avions conscience, votre père et moi, de tout ce qu'elle pouvait avoir de sordide, le pire étant que je connaissais votre mère. Il y avait quelque chose de monstrueux dans le fait que, dès notre première rencontre, j'avais éprouvé de la sympathie pour elle, et je sais que c'était réciproque.

Le récit a duré longtemps.

Elles s'étaient rencontrées le plus simplement du monde à la boulangerie en bas de chez moi. Elles avaient bavardé, s'étaient racontées : Olivia était une jeune veuve, c'était elle qui avait invité ma mère chez elle pour la première fois, elle avait offert le thé, des biscuits, les restrictions déjà. Ma mère avait parlé de cette voisine à son mari, elle avait rendu l'invitation, l'avait présentée à mon père, rien de plus normal. Elles avaient pris l'habitude de faire leurs achats ensemble chez les commerçants du quartier, elles poussaient plus loin parfois, vers les Boulevards, elles avaient un amour commun du cinéma, elles allaient quelquefois l'après-midi dans les salles après les portes Saint-Martin et Saint-Denis : elles avaient vu *Menaces* avec Eric von Stroheim, *Fric-Frac*, *Le jour se lève*. Elle se souvenait parfaitement de la photo que mon père avait prise un dimanche chez elle. C'était plus tard, j'étais parti à la campagne depuis plus de deux ans. Elle était sa maîtresse déjà.

– C'était horrible, si j'avais cessé de la voir, elle aurait compris ce qui se passait, j'étais obligée de continuer, et chaque fois c'était une trahison.

– Vous vous retrouviez où avec mon père ?

Elle pouvait ne pas répondre, arguer que tout cela

était trop pénible, trop difficile, que le temps avait passé. Elle n'en a rien fait, elle a continué, le regard perdu dans le vague :

– J'allais le rejoindre près de son bureau, il y avait un hôtel rue de Lancry, un endroit minable ; nous avions peur que le patron nous fasse chanter, il fallait remplir des fiches. Je le retrouvais vers midi, nous avions jusqu'à treize heures, car il devait reprendre son travail. Il est venu chez moi, rarement en prétextant des rendez-vous. C'était une vie d'angoisse et de mensonges, nous n'en pouvions plus.

– Vous n'avez jamais eu envie d'arrêter ?

Son regard est revenu sur moi.

– Jamais.

Ses yeux s'étaient embués mais le sourire était toujours là. Je l'ai enviée à cet instant. Cette femme était allée au bout de la folie, mais en était-ce une ?

– Au cours de toutes ces années que vous avez passées près de votre mère, elle ne vous a jamais parlé de rien, concernant ce sujet ? C'était peut-être difficile à avouer à un fils, mais c'était elle la victime…

– Non, jamais.

C'était vrai. Jamais maman n'avait fait allusion à quelque chose de semblable. Mais cela ne m'avançait pas dans mon enquête : soit elle n'avait rien su, soit elle avait voulu ménager la mémoire d'un homme qu'elle avait cru mort. Ce qui pouvait plaider en faveur de cette dernière hypothèse, c'était ce désir de vengeance manifesté dans les dernières minutes.

« Tue-la. »

La raison pouvait en être double. Olivia Clamp

devait mourir parce qu'elle l'avait dénoncée, mais aussi parce qu'elle avait été la maîtresse de son mari.

Elle a lissé les couvertures du plat de la main.

– Les nuits sont fraîches, même au printemps, la forêt conserve une humidité que l'on sent jusqu'ici.

Dans les heures qui ont suivi, le jeu a continué à se dérouler. Mon père a voulu savoir comment j'étais arrivé à les retrouver, je leur ai expliqué : j'avais retrouvé une photo, j'avais remarqué le cadre sur le buffet, le monument aux morts. J'avais recherché le village, la maison. J'ai eu l'impression qu'ils ne me croyaient pas, ils pensaient que je leur cachais quelque chose.

Le repas a été long, au dessert elle a apporté une tarte qu'elle a déposée sur la table. Le crépuscule avait commencé à envahir la pièce, on n'y voyait plus très bien. À un mouvement qu'a fait mon père, j'ai compris qu'il allait se lever pour allumer la suspension. Je l'ai arrêté, j'avais besoin de cette obscurité grandissante pour dire ce que j'allais dire. La vérité qui, peut-être, allait surgir, avait plus besoin d'ombre que de lumière.

Je les devinais à peine. Ce qui m'a soudain frappé, c'est qu'ils ne se séparaient presque jamais, leurs chaises étaient très proches l'une de l'autre, comme s'ils avaient eu besoin en permanence d'un frôlement, d'un contact. Allons, cela avait dû être, c'était sans doute toujours une grande histoire d'amour, et peut-être n'avaient-ils reculé devant rien pour la préserver.

J'ai joué le tout pour le tout.

– J'ai fait faire une enquête, dis-je. La mort de maman m'a décidé. Elle a voulu, dans ses derniers instants, que justice soit faite. Avant de me rendre dans ce village, j'ai contacté des spécialistes de ce genre de recherches, ce sont des gens qui ont à leur actif plusieurs criminels de guerre, et non des moindres. Ils ont accepté de partir en chasse pour moi. Ils ont accès à des archives restées jusqu'à présent secrètes, et ont déjà traité des affaires de dénonciation. Ils en ont toujours trouvé les auteurs. Toujours.

Ils m'écoutaient.

À force de vivre ensemble, les êtres déteignent l'un sur l'autre. Ils avaient la même attitude en cette minute, ils se tenaient face à moi, leurs mains posées à plat de chaque côté de leur assiette.

– Je voulais vous faire une proposition avant qu'ils ne me livrent le nom du coupable.

Je n'aimais pas le son de ma voix dans ce moment : malgré moi, j'y sentais une note métallique, menaçante, que je n'aurais pas voulu y trouver.

– Ne prenez pas mal ce que je vais vous dire, j'espère que vous le comprendrez. Étant donné ce que je sais aujourd'hui de vos relations…

Olivia a bougé légèrement et m'a interrompu :

– Nous devenons les suspects numéro un.

Mon père s'est redressé, mais n'a rien dit. Je pouvais apercevoir ses mains se crisper sur la nappe.

– Il m'est difficile de penser autrement.

Il avait une voix sans timbre, vidée de sang et de vie :

– Tu penses que j'ai dénoncé ta mère ?

Pourquoi n'avait-il pas dit « ma femme » ?

– Tu peux l'avoir fait, ou alors c'est vous, Olivia, ou vous vous étiez mis d'accord.

– Ou c'est quelqu'un d'autre ?

– C'est la solution que je préférerais.

Elle est intervenue à nouveau :

– Nous savons, votre père et moi, que c'est la seule à retenir. Nous n'aurions pas vécu tant d'années ensemble si nous avions su que l'un de nous deux avait commis un pareil crime.

De toutes les blagues que ce monde pouvait véhiculer, l'une des plus considérables était ce que l'on nomme l'« accent de vérité ». Elle l'avait en cet instant. J'ai continué :

– Je crois que vous l'auriez pu ; un crime est un crime, mais dans le cas présent, c'était aussi une preuve d'amour éclatante que l'un fournissait à l'autre. Voici mon idée : je veux simplement savoir. Avant mon départ, si vous avez à faire un aveu, faites-le, soit ensemble, soit séparément, je vous donne ma parole que je ne dirai rien et que j'arrêterai les recherches.

Nous avons achevé de manger et j'ai regagné ma chambre.

Je me doutais que rien ne découlerait de ma proposition, le secret était trop grand, trop grave, trop profond… Si l'un des deux était coupable, l'avait-il un jour avoué à l'autre ? Était-il possible qu'à un moment de leur vie, l'un ait révélé à l'autre ce qu'il avait fait, sans craindre sa réaction ? L'amour pouvait-il faire que tout fût pardonné ?…

Je me suis couché. Je savais que je ne dormirais pas, toute la forêt des Ardennes pesait contre le mur, derrière moi. Malgré les couvertures et l'édredon, les draps semblaient mouillés.

J'aurais pu m'éviter ce discours que je leur avais adressé. Qui pouvait parler ? Qui oserait dire à un fils qu'il (ou elle) avait envoyé sa mère dans les camps ? J'avais été stupide, j'avais livré un combat inutile, j'aurais dû m'y prendre autrement, mais je n'avais pas su. J'avais eu beau scruter leurs visages, rien n'avait transpiré. Je m'attendais à quoi ? Que l'un ou l'autre eût le regard fuyant de l'assassin ? Cela n'existait pas. Peut-être vivaient-ils dans leur logique à eux, dans laquelle le remords n'avait jamais pénétré.

Je regardais ma montre de temps en temps. Qu'est-ce que j'attendais ? Rien sans doute, que soudain l'un d'eux frappât à ma porte et me dise : « c'est moi ? »

Qu'est-ce que j'aurais fait alors ? Je l'ignore encore aujourd'hui. Rien sans doute, je me serais rhabillé et j'aurais quitté la maison.

Il y avait une armoire ancienne, haute et étroite devant moi, une commode, des fauteuils. J'ai eu envie un instant de me lever, de fouiller les tiroirs, d'ouvrir les vantaux, de remuer chaque centimètre carré de cette maison dont le poids m'écrasait.

Comment pouvaient-ils vivre ainsi, repliés sur eux-mêmes ? Ils descendaient de temps en temps au village, remontaient, le coffre de la voiture plein. J'avais vu une vieille Aronde dans le garage. Les heures s'écoulaient, scandées par la succession régulière des jours et des nuits. Un peu de jardinage, la couture, les repas, on était loin des amours affamées de la rue de Lancry.

Il n'y avait aucun bruit. D'ordinaire, les vieilles maisons craquent, les murs, les planchers, les boiseries… L'extérieur s'était mis à l'unisson, pas un frisson de vent dans les sapins, la lune était dégagée et la nuit minérale. Tout était suspendu. À quoi ?

Trop de questions, trop de soupçons, je sentais naître les migraines de l'enfance. J'ai sommeillé au matin, l'aube se levait.

J'ai attendu, les yeux ouverts, incapable de rassembler mes pensées, d'élaborer un plan et je me suis décidé à descendre : il était sept heures.

Je me suis rendu directement à la cuisine. Olivia s'y tenait, appuyée contre l'évier. Elle avait, ce matin-là, le visage d'une femme qui a pleuré toute la nuit.

– C'est une torture, Simon.

Elle avait raison. J'avais fait surgir le passé et le malheur.

– Ce n'est pas moi, a-t-elle dit. Ni lui. Il ne m'a jamais rien caché, ne m'a jamais menti.

J'ai hoché la tête, je voulais bien faire confiance, mais cela n'avançait pas la résolution du problème. Il pouvait se taire pour ne pas perdre la femme qu'il aimait.

– Vous pouvez ne pas me croire, Simon, je le sais bien. Il est bouleversé.

La belle affaire. Qui ne le serait pas dans ces circonstances ?

– Il ne veut plus vous voir, il ne supporte pas l'idée que vous le soupçonniez, que vous le croyiez capable d'avoir fait une chose pareille.

124

Quelques instants, je me suis senti dans la peau d'un fils indigne. Une tragédie dans le genre de celle des Atrides : le fils accusant son père d'avoir tué sa mère. On ne faisait pas mieux dans le genre mélo.

– Ne lui en voulez pas, mais il se sent tellement coupable envers vous, il m'en a parlé si souvent.

Je l'entendais d'ici : Tiens, au fait, qu'est-ce qu'il devient, le petit Simon ? J'espère qu'il travaille bien à l'école. Toujours avec sa maman ? Elle a eu de la chance, celle-là, de s'en sortir...

Je me sentais injuste, peut-être, après tout, avait-il eu mauvaise conscience toute sa vie, il avait fait le choix de ne plus revenir, il m'avait de toute façon rayé de sa vie.

Elle m'a tendu une tasse de café.

Je l'ai regardée, une curiosité malsaine m'a envahi. Comment l'intrigue était-elle née ? Dès la première rencontre, il l'avait baisée en un éclair dans l'escalier en la raccompagnant chez elle, tandis que maman commençait la vaisselle, ou bien les choses s'étaient-elles déroulées peu à peu ?

J'étais en train de tourner le sucre dans ma tasse lorsque j'ai entendu un pas derrière moi : je me suis retourné. Il était là.

Pourquoi ai-je remarqué qu'à travers l'échancrure de la veste de son pyjama, les poils de sa poitrine étaient blancs ?

De ce qui va suivre, je me souviens parfaitement.

Je n'ai aucun effort à fournir pour que les images reviennent, c'est même l'inverse. Dans les années qui suivirent, j'ai eu souvent du mal à les empêcher de remonter toutes seules.

Son visage était tellement défait que j'ai cru qu'il allait parler, qu'il allait tout lâcher d'un coup comme on balance un fardeau d'un coup d'épaule : « Eh bien, oui, c'est moi, je l'ai dit c'est fait. » Le moins que je puisse dire est que je me trompais.

Je me rends compte que, jusqu'à ce que survienne ce matin, je ne l'avais jamais jugé. J'étais à son égard d'une anormale objectivité. Il était comme un personnage trop étroit pour son destin, pour ses amours. Il était fait pour le bureau, la régularité des horaires et la routinière succession d'actes répétés. Chaque soir, il avait suspendu sa veste à la patère, pris son repas, lu le journal qu'il avait acheté en sortant du travail et qu'il n'avait pu que parcourir dans le métro. Je revivais par bribes l'atmosphère de la maison de l'enfance, le bruit des pages tournées, quelques discussions feutrées avec ma mère sur la répartition de l'argent gagné dans des enveloppes différentes : gaz, électricité, loyer, habillement. Il existait une enveloppe « Simon », c'est vrai qu'un enfant coûte ; il devait avoir un petit salaire. Le hasard avait fait une belle farce au calme Maxime, il avait flambé corps et âme pour l'amie de sa femme. On ne divorçait pas ou peu à l'époque, et puis il n'avait pas osé en parler et faire exploser la réalité qui était la sienne, ce foyer où il rentrait chaque soir. Il serait devenu un poisson sur le sable, affolé, hors du bocal protecteur.

– Il y a une autre solution à laquelle nous n'avons pas pensé, a-t-il dit, ça m'est venu ce matin.

Il haletait un peu, cherchant l'air en asthmatique.

126

– Explique-toi.

Il est allé prendre un bol dans le placard, c'était le sien, blanc avec un liseré jaune, un homme d'habitudes. Il a eu un geste vague de la main dans ma direction.

– C'est peut-être toi.

Je ne m'y attendais pas. Les yeux d'Olivia s'étaient agrandis. Je me suis mis à rire.

– J'étais à la campagne et un écolier bien jeune pour écrire à la Gestapo.

Un garçonnet en blouse noire tirant la langue sur son cahier, les doigts tachés d'encre tournant l'épais porte-plume : « Ma maman et mon papa sont juifs, arrêtez-les… »

Il était devenu fou.

Il s'est repris sans lâcher des yeux le jet noir sortant de la cafetière.

– Pas toi personnellement, mais tu as pu parler à la campagne, raconter autour de toi, à d'autres enfants, que tu venais de Paris.

Je n'avais pas d'amis, je ne parlais pas, je savais à cet instant qu'entre 1941 et 1946, je n'étais pas loin de l'autisme. Et puis, ils m'avaient assez fait la leçon, jusque sur le quai de la gare : ne pas parler de Paris, de mes parents, ne jamais donner d'adresse. Je leur avais obéi au-delà de toute recommandation. Je m'étais refermé, enfermé, un enfant clos, blanc et muet, installé à une table de ferme et dont les galoches ne touchaient pas le sol. Je m'étais même défendu de penser au monde qui avait été le mien, il me semblait alors qu'évoquer seulement à l'intérieur de ma tête les rues, les boulevards, le couloir sombre où j'avais fait mes premiers pas, aurait entraîné un déferlement de terreur. J'étais une arme chargée, ma mémoire était une détente que je ne devais pas effleurer, de crainte de voir surgir la mort. J'avais, au fond de moi, un secret terrifiant qui était mon identité.

– Qu'est-ce que tu crois ? Je n'ai pas ouvert la bouche pendant plus de quatre ans.

Il cherchait à se décharger et, comme les lâches et les imbéciles, il cherchait frénétiquement un autre responsable autour de lui, un gosse bavard était l'idéal, mais il faisait fausse route.

Il devait avoir l'image mythique du petit garçon à la campagne, gambadant dans une prairie, buvant du bon lait de vache, posant des pièges à oiseaux avec ses copains dans la verdure d'un été permanent… un petit Parigot hâbleur qui ne tenait pas sa langue.

– Une seule personne était au courant : ma grand-mère. Si elle avait parlé, j'aurais été arrêté, et elle aussi. Ça ne tient pas debout.

Il s'était assis et contemplait le bol sur la toile cirée.

– On ne peut pas savoir.

Bien sûr, on ne peut jamais savoir, mais tout de même, il fallait vraiment avoir envie de se défausser pour aller chercher des coupables, si loin dans l'improbable. C'était un argument d'homme acculé : un prévenu dans son box ne pouvait pas avoir une défense aussi maladroite : c'est pas moi monsieur le Juge, c'est mon fils…

J'ai alors éprouvé pour la première fois une gêne, un malaise envers lui. Un pauvre type, voilà ce qu'il était, rien d'autre peut-être. J'ai eu le sentiment qu'Olivia partageait ce qui se passait dans ma tête, elle le regardait buvant son café trop chaud, à petites gorgées. Quelque chose se brisait : pour la première fois peut-être, l'image qu'elle avait de lui se fissurait. Il se tenait voûté, elle le voyait tel qu'il était, cerné, écrasé par une menace, incapable de faire front… Où était le bel amant des années de guerre, le baiseur de l'hôtel de la rue de Lancry ? Pourquoi est-ce que j'avais la quasi-certitude qu'elle n'était pour rien dans tout cela ?

Ils allaient à présent vivre avec cette fêlure entre eux, un couple lézardé. Ma présence portait un coup direct, elle introduisait une déchirure. Olivia venait de s'apercevoir qu'il pouvait être, qu'il était réellement pitoyable. Je ne la connaissais pas assez pour savoir si elle pardonnerait. Il allait lui falloir beaucoup de compréhension, beaucoup d'amour, et je me suis demandé si ce temps n'était pas passé, si les mois, les années qui suivraient ne seraient pas celles du mépris, de la haine : je leur avais apporté l'enfer.

Je suis parti deux heures plus tard.

Je n'apprendrais rien de plus, l'atmosphère était trop lourde, nous allions devenir fous… De nous trois, elle était la plus solide, cela pouvait signifier la plus dangereuse. Je n'avais plus rien à dire et j'avais envie de fuir, de sortir de cette maison aux reflets d'aquarium. Je ne comprenais d'ailleurs pas d'où pouvait naître cette lueur qui envahissait toutes les pièces, des vitres anciennes, sans doute. La maison semblait plongée dans une eau morte, tout était recouvert de cette émeraude pâle qui est celle des étangs sous des épaisseurs de feuillage. On avait envie de racler les meubles pour en retirer cette mousse impalpable, cette pourriture aquatique qui se dépose sur les barques coulées. Et la forêt qui, toujours, les cernait.

Je les ai quittés très vite, comme s'en vont les voleurs.

Lorsque j'ai passé la grille, je me suis retourné. Ils se dressaient côte à côte sur le seuil de la grande maison. Quelque chose avait changé : ils ne se tenaient plus si près l'un de l'autre, ils ne se touchaient plus. Cette distance qui les séparait, c'était moi qui l'avais créée. J'avais accompli un sale travail. S'ils n'avaient vraiment rien à se reprocher, j'étais un salaud intégral.

Je ne savais pas si je les reverrais. La vie commençait à quelques mètres, elle reprendrait tout de suite après le sentier, je retrouverais Paris dans quelques heures, l'appartement, l'université, les cinémas, le monde. J'en profiterais davantage, j'étais jeune encore, j'avais un livre à écrire, des rencontres se produiraient, une femme viendrait. Il faudrait que j'aie tout de même, moi aussi, mon histoire d'amour : ce serait trop injuste qu'il ne m'en arrivât point. Et puis, il y avait la tombe de maman dont je devais m'occuper.

L'intérieur de la voiture m'a semblé accueillant. Lorsque j'ai braqué pour retrouver la route, j'ai failli hurler, mes poumons voulaient sortir de ma poitrine, libérés. Je me suis juré de ne jamais revenir, quoi qu'il advienne. Je ne m'imposerais plus ça.

J'avais considérablement exagéré, en leur parlant, la certitude que j'avais de retrouver le dénonciateur, je n'étais absolument pas sûr d'avoir un résultat. Cela n'avait guère d'importance, si l'on y réfléchissait. S'ils étaient coupables, ils se réveilleraient chaque matin dans une angoisse nouvelle, ils se poseraient la question à chaque aurore : ce jour serait-il celui où ils seraient découverts ? S'ils ne l'étaient pas, ils n'avaient rien à craindre des résultats des investigations.

Ne plus y penser, faire une croix. Trahison, délation, déportation : enfouissement dans le passé. Maman en avait été la victime, mais moi, je pouvais me prendre un peu en pitié et accepter l'oubli, je l'avais mérité. Une trop pauvre enfance... L'adulte devait vivre pour sortir le gosse du musée. Le petit garçon que j'avais été devait cesser d'y errer.

7

Huit mois s'écoulèrent.

Exactement huit mois et dix-sept jours.

Ce furent les plus beaux de ma vie, il n'y en avait jamais eu de semblables, et je sais qu'il ne pourra plus y en avoir d'autres.

D'abord, je gagnais chaque jour en légèreté. C'était assez difficile à expliquer. Simplement, je sentais s'effilocher les épaisseurs, je quittais peu à peu une vieille peau faite de peurs superposées. Je n'y étais pour rien, c'était une sorte de mue.

Cela se produisait partout, en sortant de chez moi, dans les couloirs au milieu des étudiants : parfois j'avais l'impression de ne perdre que quelques centimètres carrés, mais à d'autres moments, je ressentais une véritable jouissance à abandonner tout un pan du lourd manteau dans lequel j'avais vécu enseveli.

Je m'étais remis à ma thèse mais j'y travaillais différemment, de façon plus décontractée. Je la construisais comme un jeu, ce qu'elle était en fait ; du coup, je progressais davantage. Moins ce travail me pesait, plus je me sentais brillant. Il y avait comme une sorte d'escroquerie dans ce phénomène. Mon but n'était plus d'atteindre l'embryon d'une vérité mais de séduire les lecteurs. J'avais cessé d'être un chercheur pour devenir un courtisan.

Je préparais également moins mes cours, me fiant plus à mes capacités d'improvisation. Mon rythme s'était ralenti, je sentais un courant plus détendu passer entre mes étudiants et moi.

Je marchais de plus en plus dans Paris, je devenais amoureux de la ville. Comment pouvait-on vivre ailleurs ? Je ne suis pas parti durant l'été. Le soir, les fenêtres grandes ouvertes sur la rue, je laissais entrer les odeurs du quartier, l'asphalte, chaud encore du soleil du jour, un fumet passager de bifteck trop cuit, une traînée de parfum de lessive… Dans le crépuscule bleu, les sons montaient, un rire lointain, un miaulement, la rumeur de la ville… Accoudé à mon balcon, je respirais, j'écoutais Paris, j'y avais fait mon trou, je n'en sortirais pas.

En août, les rues furent vides, beaucoup de magasins fermés. Tout revivrait en septembre. C'est à cette époque que j'ai décidé d'explorer un arrondissement par jour. Je partais à l'aventure en autobus. J'ai bien aimé le quatorzième mais des travaux commençaient… j'avais une passion étonnée pour le chemin de fer de la petite ceinture, l'herbe poussait entre les rails.

Et puis j'ai rencontré Marina.

Plus que son visage, je me souviens de deux phrases d'elle. Si elles demeurent encore, c'est qu'elles ont été importantes dans ma vie. Elle n'a pas dû s'en douter.

La première date de notre rencontre. C'était chez un collègue, une ruelle dans le Marais. À part lui, je ne connaissais personne. Il avait fait un buffet et nous nous tenions tous debout avec des assiettes en carton et un verre, tels des équilibristes. Il y avait du jambon fumé, des olives, un vin rouge très lourd et mauvais qui venait du Sud-Ouest. La soirée ne prenait pas. C'était triste. J'ai souvent remarqué que plus les gens ont des choses à dire, plus ils se taisent. Il y avait là des psychologues, un psychiatre, un couple d'avocats, et les mots ne sortaient pas. Tous faisaient semblant de s'intéresser aux vieilles poutres, aux livres de la bibliothèque, aux derniers films, au dernier Godard inévitablement : c'était *La Chinoise*. Il avait été question de Brando qui jouait *Reflets dans un œil d'or*, on pouvait prévoir au jeune Dustin Hoffman une belle carrière, *Le Lauréat* plaisait beaucoup, sauf au psychiatre qui trouvait ce cinéma trop américain, trop à l'esbroufe.

Je me suis retrouvé près d'elle dans l'embrasure d'une fenêtre. Je ne lui avais pas prêté grande attention car elle était accompagnée par un jeune homme très beau. J'ai toujours été ainsi, les femmes accompagnées sont pour moi inaccessibles, je ne suis pas un lutteur. Je pense que lorsque la place est prise, elle est prise, je ne suis pas de force, tous les hommes ont du charme sauf moi, inutile d'entrer en compétition, je suis battu d'avance.

Elle m'a dit une chose bizarre :

– Vos bras sont vides.

J'ai fait l'idiot, j'ai montré mon assiette pleine, les couverts, mon verre.

– Pas en ce moment.

Elle m'a regardé avec un peu plus d'attention pour

se rendre compte si j'étais vraiment abruti. Elle a précisé :

– Je ne parle pas des mains mais des bras.

– Expliquez-moi ça plus en détail.

Elle a avalé son verre de rouge et l'a posé par terre, entre ses pieds.

– C'est très simple : les hommes qui ont tenu des femmes dans leurs bras en gardent l'empreinte, cela se voit très bien si on y prête un peu attention. Même lorsqu'ils sont seuls, ils conservent une trace. Les autres ont les bras vides parce qu'ils n'ont jamais enlacé personne, ni maîtresse, ni enfants, ni amis. Vous faites indubitablement partie de cette catégorie.

Je me suis rappelé que le seul être que j'avais tenu contre ma poitrine était maman à l'instant de sa mort. Elle avait raison. Mes bras étaient vides.

– Si vous voulez dire que je n'ai aucun succès auprès des femmes, vous avez tapé dans le mille.

Elle a achevé de sucer son os de poulet froid et s'est léchée les doigts.

– Vous savez pourquoi ?

– L'énumération des raisons serait fastidieuse.

– Essayez.

On ne m'avait jamais asticoté à ce point. J'ai eu envie de laisser tomber. Que cherchait-elle ? Un jeu excitant qui lui permettrait, durant le reste de la nuit, de rigoler avec son bel amant si faraud en évoquant mon cas.

– J'ai trop de réponses et...

– Cela veut dire qu'aucune n'est suffisante.

– Vous êtes psychanalyste ?

– Photographe.

– C'est presque pire.

Elle a allumé une cigarette. Elle fumait les mêmes que les miennes.

– Faites encore un petit effort et vous allez arriver à être drôle.

– Ça m'étonnerait. Je suis en train de me dire que je n'ai jamais dû faire rire personne.

– Faites-moi une grimace.

– Je ne pense pas qu'elle vous amuserait.

Elle fumait très bien, lentement : elle aimait ça. Elle ne me quittait pas des yeux.

– Je parie que vous faites mal l'amour.

– Non.

– Vous le faites bien ?

– Je ne suis même pas sûr de pouvoir le faire.

Une voiture est passée dans la rue, pleins phares, et a illuminé son visage. Elle n'était plus jeune, cela se voyait aux lèvres, aux coins des paupières. Nous n'avons plus rien dit de toute la soirée. Je n'avais pas envie d'elle, j'avais d'ailleurs oublié ce que c'était que l'envie.

Les premiers invités sont partis assez vite, il n'était pas minuit. Elle est venue vers moi.

– Raccompagnez-moi.

– Je n'ai pas de voiture.

– On a inventé les taxis.

– Et votre ami ?

– Ce n'est pas mon ami.

Je ne savais plus très bien ce qui m'arrivait, je n'ai même pas dû saluer notre hôte. Il semblait gêné parce que sa femme s'était endormie sur le canapé avec un verre de scotch dans la main.

Nous avons fait trois pas dans la rue et elle m'a attiré dans l'ombre d'une porte cochère.

– Fais-moi jouir.

Je ne savais pas comment m'y prendre. Sa bouche sentait le vin et le tabac. Je me suis escrimé quelques minutes sans succès. Elle s'est mise à rire et j'ai pensé que l'affaire allait s'arrêter là. C'était une erreur, la suite allait m'apprendre qu'elle avait de la constance dans les idées. Elle a été ma maîtresse pendant les trois années qui ont suivi.

Elle a été la patience et le savoir-faire incarnés. Je me suis appliqué et, peu à peu, je pense être devenu un amant efficace. Pas besoin d'être fin psychologue pour deviner que cela a contribué à me donner un équilibre que j'étais encore loin de posséder.

J'ai cru que nous ne nous aimions pas. Je serais sur ce point moins affirmatif aujourd'hui. Il est possible qu'elle ait tenu à moi, nous couchions énormément, presque tous les jours.

Nous parlions aussi et, au bout de trois mois, elle est parvenue à me faire raconter mon histoire, mon enfance. C'est alors qu'elle a prononcé la deuxième phrase qui m'est restée :

– Tu parles de ta mère comme si tu ne l'avais pas aimée.

Je n'ai pas protesté. Je l'avais peut-être détestée pour les souffrances qu'elle avait endurées, pour sa volonté de me les faire partager. Je m'étais occupé d'elle jusqu'à la fin mais je ne pouvais pas savoir s'il s'agissait vraiment d'amour.

1968 est arrivé.

Il a fait froid durant l'hiver. Ma vie était réglée entre

les cours à la faculté, les baises répétées avec Marina. Pour son anniversaire, je lui ai offert un collier que j'avais trouvé aux Puces, j'ai compris qu'elle le trouvait ridicule.

– C'est le premier cadeau que tu fais, hein ?

Décidément, elle avait l'œil.

Elle ne s'est pas moquée de moi. Elle avait quarante-huit ans.

Je suis rentré chez moi vers onze heures et demie ce soir-là et j'ai entendu le téléphone sonner alors que je me trouvais encore sur le palier.

Je me suis précipité. J'étais étonné que l'on m'appelle si tard, cela n'arrivait jamais. J'ai pu décrocher à temps.

La voix au bout du fil était lointaine, aussi lointaine que si elle venait du fond du temps. C'était d'ailleurs presque le cas.

C'était Kressman.

Son visage a surgi, les joues lourdes, les coudes usés de sa vieille veste en velours appuyés sur le Formica d'une table de café, au quartier Latin.

– J'ai du nouveau pour toi. Tu te souviens de m'avoir dit chercher qui avait dénoncé tes parents ?

– Oui.

– J'en ai parlé à un ami… un chasseur.

J'ai avalé ma salive. Je peux bien l'avouer, l'aventure avec Marina m'avait fait oublier le couple des Ardennes. Ils surnageaient parfois, en bord de conscience, et replongeaient presque aussitôt. Le sexe, la vie étaient en train d'enterrer le passé. J'étais arrivé à oublier.

– Et alors ?

– Il a trouvé.

Je pouvais raccrocher, balbutier quelque chose, que je m'étais trompé, que j'avais décidé d'abandonner, que je m'en foutais, n'importe quoi. Je me suis contenté de répéter comme un imbécile :

– Il a trouvé ?

– J'ai la copie de la lettre devant les yeux.

Ne pas savoir, pas encore, pourquoi ai-je si peur ?

– Elle est signée ?

– Très lisiblement. C'est une femme. Elle s'appelle Olivia Clamp.

Les armes m'ont toujours tenté.

Je n'en ai jamais possédé.

Souvent, au cours de mes déambulations au marché aux Puces, je me suis arrêté devant des vieux sabres d'abordage, des épées, des poignards orientaux, des pistolets du siècle passé.

Quelque chose me fascine dans ces objets, le fait qu'ils soient destinés à être tenus, empoignés. Ils appellent la main comme s'il s'agissait d'un prolongement naturel. Ils ont, de ce côté-là, un aspect d'ustensile parfaitement rassurant, malgré leur apparence belliqueuse. Je ne suis pas le seul à éprouver ce sentiment, si j'en juge par le nombre de badauds qui les examinent, les soupèsent, les reposent avec regret. J'ai, un dimanche après-midi, contemplé le manège d'un vieux monsieur au regard doux et aux mains fines : bien mis, ses pantalons un peu courts laissaient apercevoir des chevilles-brindilles infiniment fragiles. Il ne se lassait pas de manier des haches de guerre,

140

des cimeterres turcs avec une intense jubilation. Il s'était finalement décidé pour un fusil arabe plus grand que lui. Le marchand lui a enveloppé la crosse et la détente dans du papier journal, et il est parti, tout frémissant, les pommettes roses. Peut-être jouait-il tout seul chez lui la prise de la Smala par Abd el-Kader. J'ai eu le sentiment que son appartement était empli de semblables engins meurtriers. Il devait brandir des rapières devant sa glace : chacun sa façon d'être d'Artagnan, Barberousse ou Mandrin. Il allait au bout de ses envies, ce que je ne faisais pas. C'est après le coup de téléphone de Kressman que j'ai décidé d'acheter un revolver.

Ainsi donc, c'était Olivia. Elle m'avait bien eu, je revoyais ses yeux pleins de claire franchise. L'épouse au camp et je garde le mari. Elle avait pu ainsi se payer des orgasmes sans limites, sans remords, bien évidemment : il est connu que l'amour excuse tout, circonstance atténuante majeure.

Même en achetant cette arme, je n'étais pas certain de m'en servir, je peux bien l'avouer. J'étais même décidé à ne pas l'utiliser, mais je pouvais m'offrir ce cadeau puisque j'en rêvais depuis l'enfance. Olivia Clamp était une occasion, rien qu'une occasion.

L'achat s'est passé étrangement.

C'était un magasin chic et silencieux qui sentait le cuir, le genre sombre et cossu, l'acier brillait dans les vitrines. Le vendeur était en blouse blanche comme un médecin. Il a commencé par me faire un cours de droit, à me parler de catégories : elles s'étageaient de un à sept, je n'avais pas droit aux quatre premières, réservées aux fonctionnaires de police. Pour les autres, il y avait des distinguos, les lois étaient sévères depuis 1956 : je pouvais avoir une arme chez moi, ce qui ne m'autorisait pas à la porter à l'extérieur, sauf dérogation spéciale autorisée par la préfecture. C'était décourageant. Il ne restait pas grand-chose à choisir : des 22 long rifle, des petits automatiques guère impressionnants, mais suffisants tout de même pour octroyer la mort. Il a ouvert une vitrine avec une petite clef et a fait miroiter les canons, il m'a initié aux différences qui séparent le double effet du simple effet. J'hésitais entre un Arminius minuscule et trapu, et un Mayer & Söhne plus délié. Il a insisté sur le fait que ce dernier avait une excellente qualité de fabrication. En fin de compte, j'ai pris l'autre qui ressemblait au Solidos de mon enfance, en plus méchant. Lorsque je l'ai eu en main, son poids m'a surpris : sept cent soixante-cinq grammes, a-t-il précisé. C'était un six coups. Il m'a proposé de l'essayer, il y avait une salle de tir installée au sous-sol. J'ai refusé et l'ai emporté très vite… j'avais l'impression d'être chez le pâtissier et d'emporter un gâteau encombrant que je mangerais seul en salivant.

J'ai serré la boîte sous mon bras. Je n'en revenais pas que ce fût si simple. Je regrettais de ne pas avoir pris la hausse micrométrique adaptable, mais cela m'avait paru très inutile. Chez moi, je me suis amusé à glisser les six cartouches et à les extraire. J'avais acheté une boîte de vingt, des 22, d'une jolie couleur cuivrée.

Deux jours plus tard, je suis allé chez Marina.

Je m'étais confié à elle mais sans entrer dans les détails. J'étais décidé à ne rien dire à propos d'Olivia, mais je me suis senti bien après que nous avons fait l'amour. J'étais devenu assez performant en la matière et je dois reconnaître que, très stupidement, j'en tirais de la vanité.

– Tu te souviens de l'histoire dont je t'avais parlé au sujet de ma mère ?

– La dénonciation ?

– Oui.

J'ai allumé une cigarette et j'ai dit :

– J'ai eu des nouvelles. Je sais qui c'est.

Nous étions toujours au lit. Nous y buvions du vin d'Alsace. Un riesling. Elle aimait beaucoup ce cépage, nous avions chacun notre verre sur la table de nuit, des cercles se chevauchaient comme les anneaux des jeux Olympiques.

– Qu'est-ce que tu vas faire ?

– Je ne sais pas.

C'était vrai. La révélation de la vérité m'avait laissé sans réaction. J'avais guetté en moi une montée de rage, je n'avais même pas ressenti une bouffée de colère. Je me sentais vide, pas d'âme à l'intérieur d'un corps désert. Une indifférence étrange.

J'avais vécu vingt ans avec une femme martyrisée, je savais qui était le bourreau et je le laissais vivre : il y avait là contradiction.

– Tu dois être soulagé que ce ne soit pas ton père.

Pas sûr. En fait, je me rendais compte que je n'arrivais pas à en vouloir à Olivia Clamp. Une question d'œil clair, de sourire, toute une romantique stupidité m'interdisait de recourir à la haine. Si la lettre avait émané de lui, j'aurais eu le cœur soulevé par l'abjection, et je pense qu'alors je l'aurais tué. Un beau parricide, de quoi alimenter la une des journaux. Mais elle, c'était différent.

Marina pensait à voix haute, emplissant et vidant son verre avec une régularité de métronome :

– Le sexe. C'est le seul coupable. Ils devaient être possédés tous les deux... rien d'autre ne comptait : elle y a tout sacrifié, l'honneur, la morale. Ils ont dû vivre un calvaire, la nuit, chacun d'un côté de la rue, elle seule, lui cloué à son foyer avec la femme, l'enfant. Le bonheur était si proche, pire que le bonheur, l'éclatement, la jubilation exaspérée des sens. Au lieu de cela, ils stagnaient dans l'eau tiède. Ça ne pouvait pas durer...

Le vin me donnait soif, je connaissais de mieux en mieux le phénomène : chaque fois que je venais chez Marina, nous buvions beaucoup, de plus en plus. Le problème avec les femmes libérées, c'est qu'elles sont dangereuses. Je ne devais pas rester longtemps sous son emprise, sinon quelque chose m'arriverait.

– Tu as presque l'air de l'excuser.

Elle s'est mise à rire.

– J'ai toujours eu tendance à prendre la défense des salopes, et ta Mme Clamp en est une belle.

J'ai fermé les yeux et ai laissé l'alcool accomplir son tournoyant voyage à l'intérieur de mon cerveau. Ce n'était pas possible que je me sente aussi détaché, aussi lointain. Je savais ce que maman avait vécu, elle me l'avait assez raconté durant toute mon enfance, sa voisine pendue avec un fil de fer, les quignons de pain pourri ramassés dans la neige, les poumons brûlés par le froid, par les gaz, les matins de potence, la graisse des fumées s'écrasant sur les fosses. Pas un enfer

144

n'aurait pu être pire… et moi j'étais là, à boire du vin parfumé dans du cristal de Bohême, nu sur des draps de soie. Je me rappelais les récits, les soirs si difficiles avant qu'elle s'endorme. Elle avait créé trop d'images en moi, j'avais vécu longtemps avec celle d'une main aux doigts broyés par un nerf de bœuf, tant d'autres m'avaient hanté.

Marina s'est rapprochée de moi. Je ne résisterai pas, je n'en avais d'ailleurs nulle envie, c'était une femme experte.

– Tu as promis, Simon.

Oui, j'avais promis. Et alors ? Je n'allais tout de même pas me transformer en assassin pour obéir à un code d'honneur auquel je ne croyais pas. Le serment que j'avais prononcé n'avait servi qu'à une chose, mais elle était de taille : maman était morte apaisée. Le reste n'avait pas d'importance, ce n'était qu'affaire de conscience et, entre ma conscience et moi, je savais que je m'arrangerais toujours… je n'étais pas homme de grande intransigeance. J'étais en train d'en faire l'éclatante démonstration.

Marina poursuivait de troubles commentaires :

– Le sexe combiné à l'infamie, il n'existe rien de meilleur. Elle a dû plonger dans des gouffres inoubliables…

Je l'ai laissée pérorer un moment et, peut-être pour l'interrompre, je lui ai dit que, si elle était libre pour le week-end, nous pourrions faire un saut à la campagne.

– Dans les Ardennes ? Pas question. Tu règles tes affaires tout seul.

Je n'ai pas insisté. Elle avait raison, cette histoire était la mienne, je ne devais y mêler personne d'autre.

– On ne se retrouve plus qu'entre deux draps, c'était pour changer un peu, une simple balade.

– Pas besoin de balade. Quant aux draps, c'est là que l'on est le mieux.

Je ne lui avais pas parlé du revolver. J'ai eu envie de le faire, espérant faire naître un peu d'inquiétude à mon égard, je ne l'ai pas fait, n'étant pas certain d'y parvenir. J'ai craint, en lui annonçant mon acquisition, qu'elle se contente de me dire que c'était une drôle d'idée, et que je devais éviter de me tirer une balle dans le pied par maladresse.

Nous avons dû faire à nouveau l'amour, je me souviens avoir sombré au moment où j'entendais le bruit caractéristique du bouchon, extrait d'une nouvelle bouteille qu'elle venait d'ouvrir. Pendant la seconde qui a précédé ma plongée dans les limbes, j'ai pris la décision de partir le lendemain.

Il fallait en finir une fois pour toutes.

8

Il n'y a pas d'ampleur dans ma vie, pas d'élan, pas de grand large.

Je ne vis pas en Cinémascope, je suis toujours à l'intérieur d'un film noir et blanc sur écran étriqué. Avec les années, l'usure de la pellicule ajoute des rayures, une sorte de pluie triste… il en va de même avec mes sentiments. Tout a toujours été étroit, avorté, je possède au fond de moi une mesquinerie fondamentale. Je me demande même si cette envie de meurtre ne vient pas simplement d'un désir, pour une fois, d'accomplir un geste d'importance, quelque chose de définitif, d'irrémédiable, qui m'interdise tout recours, tout retour en arrière. Mais ai-je vraiment cette envie ?

Pas de grands débats intérieurs, pas de grand œuvre à accomplir. Mes problèmes sont petits : achèterai-je chez Mme Mercier du jambon ou de la mortadelle pour mon repas du soir ? Même mes cours sont pointilleux. Analyser des comportements n'est pas un travail fait d'exaltation.

S'il y avait une façon d'éclater les murs qui m'entourent, ce serait d'accéder au pardon. C'est grand, le pardon, c'est lumineux, mais dans le cas présent, il ne servirait à rien pour deux raisons essentielles. La première, la plus notable, est je ne suis pas celui qui doit pardonner, cela me serait trop facile : « Je vous pardonne d'avoir envoyé ma mère à Flossenbürg… » C'était à elle de le vouloir, de le faire, pas à moi. Et si je pardonnais, je sais très bien que ce serait par paresse, pour ne pas m'attirer d'ennuis, pour m'éviter un drame pour lequel je ne suis pas fait et qui, déjà, me terrorise et me dépasse.

Pardonner est l'inverse de laisser tomber, il y faut une vaillance, une générosité que je ne possède pas et à laquelle je n'accéderai jamais.

Je suis un incompétent de la haute pensée.

Marina ne m'a ouvert que la porte des sens. J'espère parfois, au cours de nos étreintes, m'extirper un sentiment… peine perdue. Je sais qu'il faudrait que ce soit lui qui m'envahisse, mais rien ne m'a jamais ni dépassé ni emporté. Je ne connais pas la passion, je n'ai que des intérêts légers et passagers envers les choses comme avec les êtres. Le chagrin de la mort de maman a été rapide, très vite effacé. Retrouver mon père m'a à peine créé une légère stupéfaction. Je n'ai été le jouet d'aucune violence intérieure. Pourquoi changerais-je ?

Grève des Postes depuis trois jours, je ne reçois plus rien, je n'ai donc pas eu l'envoi de Kressman. J'ai pensé que ce n'était pas utile d'avoir la lettre, la preuve en main pour accuser.

Je suis parti seul, sans Marina, le samedi matin vers dix heures. Elle m'a simplement dit de ne pas faire le con, recommandation vague qui ne l'engageait en rien. J'ai d'ailleurs compris à son ton qu'elle se moquait éperdument de ce qui pouvait survenir au cours de ce voyage. J'étais responsable de mes actes, elle n'avait pas à intervenir, elle me laissait faire le choix, elle ne l'influencerait en rien. Sartrienne intégriste, il y avait de la glace dans cette attitude, je n'étais pas parvenu à savoir s'il s'agissait d'indifférence ou d'expérience. Elle avait peut-être raison, conseils et admonestations ne servaient jamais à grand-chose, j'aurais pourtant aimé avoir son point de vue et peut-être l'adopter.

J'étais ce matin-là, en m'installant au volant, dans une indécision totale. J'avais emporté le flingue en sachant que je ne m'en servirais pas. J'espérais en fait qu'ils soient partis, qu'ils aient quitté la maison pour toujours. Ç'aurait été l'idéal.

J'arriverais devant la grille du sentier des Sans-Passants, je sonnerais et personne ne m'ouvrirait, les volets seraient fermés, je pourrais entendre le vent dans les arbres proches, l'herbe aurait poussé sur le seuil. Je retournerais sur mes pas, me renseignerais au village.

Personne ne saurait. Je reprendrais la route, soulagé.

C'est à cette solution que j'ai pensé en quittant Paris : c'est ce qui se produirait. Olivia n'était pas restée tous ces mois à m'attendre, c'était une femme d'action et de ressource. Que mon père ait su ou n'ait pas su, elle avait dû le persuader, trouver des prétextes pour quitter les lieux, vendre la propriété ; ils n'allaient pas passer tout le restant de leur vie dans cet endroit sinistre à attendre les neiges de l'hiver et les rares soleils de l'été… il y avait d'autres lieux plus accueillants. Ils vivaient déjà sans doute en Provence ou ailleurs, l'exil continuait. Elle m'avait jaugé, elle savait que je cesserais la poursuite, que je ne m'entêterais pas. Elle avait raison.

Ce serait donc un voyage pour rien, pour la forme. Tant pis ou tant mieux.

Je n'étais pas encore sorti des banlieues parisiennes que j'avais déjà compris que je n'aurais pas dû entreprendre ce voyage.

Il ne faut jamais refaire deux fois le même chemin. Je ne retrouvais pas le charme de la première équipée, cette impression de disponibilité qui m'avait envahi, ce matin grand format qui m'avait empli les poumons d'une liberté plus pure. J'avais dû, le temps de quelques kilomètres, me prendre pour un aventurier, un cavalier solitaire partant à la conquête d'une vérité qu'il savait être douloureuse. J'avais à présent, en roulant, la sensation désagréable que les horizons s'étaient refermés. Ces routes vers le nord-est n'ouvraient plus sur des steppes et des mers froides, elles butaient contre de sombres massifs : ils formaient l'un des murs de ma prison.

Je savais à présent ce qui s'était passé, je n'étais plus un chasseur, le gibier était dans le piège, j'allais sonner l'hallali.

J'ai fait un arrêt, sans raison, à Château-Thierry. Quelques pas le long des berges. La Marne coulait, des péniches suivaient le cours, rasant les herbes. Ce sont des bateaux de cafard, c'est dû à leur lenteur, à leur couleur goudronneuse, rien n'est plus lourd, plus pataud, plus malhabile… Une femme se tenait debout le long du bord de l'une d'elles, elle regardait la rive qui se déroulait au ralenti. Une vie à passer des écluses, à s'imprégner du clapotis. Des mastodontes monstrueux emplis de gravier, de sable, ils glissaient, inexorables, vers des quais de déchargement, repartaient en sens inverse le long de canaux rectilignes.

J'ai repris la voiture sans entrain. Il restait deux cents kilomètres à parcourir, et je me suis dit que je n'avais pas envie, que c'était trop long, trop difficile.

J'ai continué cependant. J'avais déjà trop fumé, il n'était pas encore midi et déjà, mes muqueuses ressemblaient à du carton. Pourquoi m'étais-je condamné à subir une telle épreuve ? J'en avais pourtant assez bavé comme ça. J'avais fait assez de psychologie pour me rendre compte que je cherchais à m'enfoncer un peu plus. Davantage de marasme, s'il vous plaît. Un peu plus de souffrance pour être sûr de bien étouffer. J'étais décidément inapte au bonheur : j'aurais pu emmener Marina au bord de la mer, tout le monde faisait cela, un hôtel avec vue sur la grève, fruits de mer, promenade sur le sable, amours balnéaires, sexe et oxygénation. Et voilà, j'étais seul, en route pour exécuter un verdict avec un revolver dont je ne savais que faire.

À Blesmes, il y avait un feu rouge. En stoppant, j'ai senti l'angoisse déborder, la vieille migraine est réapparue et mon estomac s'est contracté. Je me suis arrêté à nouveau pour boire un café. J'avais traversé ce village, il n'était plus ce matin-là qu'un alignement de rues vides, une coquille qui ne semblait pas avoir de raison d'exister. Comment avait-il poussé là, dans la plaine ? Pourquoi ici plutôt qu'ailleurs ?

L'homme derrière le comptoir avait le regard fixe.

J'étais le seul client. La radio annonçait des résultats sportifs. La vie passait sans moi.

J'ai allumé une autre cigarette et me suis aperçu qu'il n'y en avait plus que trois dans le paquet. J'ai demandé au patron s'il en vendait, et il m'a dit qu'il y avait un tabac à cinquante mètres sur le même trottoir. J'ai payé, je suis sorti et j'ai commencé à marcher.

C'est alors que j'ai vu la papeterie.

Une boutique bleue dont la peinture s'écaillait. Qui pouvait bien venir ici ? Elle était si lamentable, si dérisoire... Difficile à expliquer, les quatre cartes postales exposées en devanture devaient dater du début du siècle. À se demander si quelqu'un y était jamais entré.

J'ai poussé la porte et j'ai attendu longtemps qu'une femme descende de l'étage par un escalier en colimaçon, alertée par une sonnerie quasi imperceptible.

J'ai acheté un bloc de papier à lettres et des enveloppes.

Je suis retourné au café et me suis installé pour écrire.

Le voyage était fini, je ne m'imposerais pas la dernière partie de la route.

Je bouclais la boucle. Tout avait commencé par une lettre, tout se terminait avec une autre. Lorsqu'elle serait postée, tout serait accompli, j'en aurais fini avec la vengeance.

Je l'ai écrite très vite, je devais avoir hâte d'en finir.

Bizarrement, moi qui ai si peu de mémoire, je n'ai aucun effort à faire pour m'en souvenir, comme si, sans m'en rendre compte, je l'avais apprise par cœur.

Je l'avais adressée à Maxime Flavier, mon père.

La voici.

J'avais, au cours de ma visite datant à présent de neuf mois, annoncé que j'avais fait entreprendre des recherches concernant la dénonciation dont ma mère avait été victime. Ces recherches viennent d'aboutir, et je suis en mesure aujourd'hui d'apporter la preuve qu'il y a eu, en effet, une lettre adressée à la Gestapo, révélant la présence de Juifs dans l'appartement que nous habitions à Paris.

Cette lettre est signée d'Olivia Clamp.

Peut-être ne l'ignorais-tu pas, peut-être l'ignorais-tu.

Dans ce dernier cas, je te laisse juge. Peut-être pourras-tu continuer à vivre avec elle, ou bien ce sera impossible. À toi de choisir.

Je tenais à te dire que tu n'as plus rien à craindre de moi. Ce qui est advenu a empoisonné mon enfance, je m'en détache aujourd'hui. Tu comprendras qu'il est parfaitement inutile que nous nous revoyions. J'admets, sans amertume, que tu aies décidé de ne plus voir ton fils, je ne crois pas en avoir souffert, je n'ai nulle envie aujourd'hui de retrouver un père.

Quant à Olivia Clamp, je n'éprouve même pas le désir de lui cracher au visage. Qu'elle continue à vivre, seule ou avec toi, cela m'est égal. Elle a déjà cessé d'exister.

Je ne suis pas assez magnanime pour vous pardonner, mais assez indifférent pour me retirer. Il faut savoir finir un drame. Pour moi, et malgré le serment fait à ma mère, l'affaire est classée.

Je serais heureux de n'avoir plus jamais de vos nouvelles.

Simon.

J'ai cacheté, timbré, expédié et repris le chemin du retour.

Je suis arrivé à Pantin, il était un peu plus de midi. J'ai pu trouver une cabine téléphonique et j'ai appelé Marina.

– D'où m'appelles-tu ?

– De Paris.

– Déjà de retour ?

– Je n'y suis pas allé. Tu veux aller au bord de la mer ?

– Tout de suite ?

– Je passe te prendre dans trois quarts d'heure, le temps d'arriver.

Je l'ai entendue respirer au bout du fil.

– D'accord.

C'est elle qui a raccroché.

Je pense que je devais être heureux à ce moment-là, je suis assez inexpérimenté en la matière, mais ça devait être ça. Un survoltage de la lumière, la certitude de pouvoir, par un simple appel du pied, bondir par-dessus les toits de la ville, et ce sourire qui m'était venu, presque embarrassant tant mes lèvres étaient inhabituées… les premiers pas du sourire. Tout allait changer, j'allais apprendre.

J'ai pensé demander à Marina de m'épouser. Même si notre histoire d'amour était une histoire de cul, nous étions bien ensemble, nous savions briser des entraves, ce ne devait pas être le cas de tous les couples. Ça durerait ce que ça durerait.

J'ai monté les escaliers quatre à quatre. Elle était prête, un sac et deux appareils en bandoulière, elle

154

avait décidé de faire des photos. Elle a paru surprise de ma gaieté… peut-être même heureuse.

– Tu as réglé ton problème.

– Je l'ai supprimé… Cap au large.

Elle a souri. Elle y arrivait plus facilement que moi. Une question de don.

Nous avons pris la route de Deauville.

J'ai gardé les photos de ce week-end.

Certaines, celles où nous ne figurons ni l'un ni l'autre, ont fait plus tard l'essentiel d'une exposition.

Sur l'une d'elles, je dors, je suis sur une chaise longue devant un alignement de cabines de bain. Je ne sais pas comment elle s'y est prise, une question de lumière, mais il se dégage de cette épreuve une impression de désuétude, de monde ancien… Le ciel est plus lourd que la mer, plus compact, c'est un firmament de fin du monde. Tout va finir et je suis la dernière créature humaine sur ce rivage près de s'engloutir. Je suis innocent de ce qui va survenir.

Dans une autre, nous sommes tous les deux. Elle l'a prise au déclencheur sur la digue, je me tiens debout et elle est assise en tailleur à mes pieds : nous sommes ensemble et nous ne le sommes pas, nous regardons chacun d'un côté différent. Il en résulte un malaise, nous ne sommes pas un couple, et pourtant nous en formons un. On peut se demander ce qui peut bien nous réunir.

Les autres clichés ont été pris dans la chambre, je regarde par la fenêtre le soleil qui se lève, j'ai sur le visage les motifs d'un rideau transparent, Marina apparaît dans le reflet d'une glace. Nous sommes nus l'un et l'autre. Sur le rebord d'une table, on devine un cendrier plein et une bouteille vide.

Je n'ai jamais dû être aussi gai avec une femme que durant ces deux jours. Cette fois, j'avais balancé le sac, complètement, mes épaules étaient déchargées de tout fardeau. J'avais couru sur la plage comme un sportif que j'étais loin d'être, tandis qu'elle photographiait les embruns sur les rochers qui prolongeaient la dune.

J'avais acheté une cravate très chère devant le Casino, je crois que je n'ai, depuis, jamais plus mis un tel prix dans ce genre de babioles. Du coup, je lui ai offert un parfum qui valait au moins le double et qu'elle a détesté dès la première vaporisation.

Nous nous sommes amusés. Voilà, je peux le dire, ça ne m'était jamais arrivé. Le passé était mort, l'avenir vierge. J'avais un métier que je ne détestais pas et je passais un week-end en bord de mer avec une femme que je pouvais baiser autant que je le désirais. Nous ne nous en sommes pas privés d'ailleurs, je me déchaînais, cela l'avait fait rire et, pour une fois, c'est elle qui avait demandé grâce.

Je me souviens parfaitement de cet instant, je l'ai senti pleinement satisfaite, rassasiée, et j'ai lu une tendresse dans son regard, une émotion que je ne trouvais pas toujours. C'est à cet instant que j'ai ouvert la bouche pour lui demander d'être ma femme. Elle a dû sentir que j'allais sombrer dans la gravité, parce qu'elle ne m'a pas laissé prononcer une syllabe.

– Il va être trop tard pour descendre dîner.

Elle a sauté du lit, a disparu dans la salle de bains,

et j'ai regardé ma montre. Elle avait raison, il était tard et j'aurais tout le temps de formuler ma demande si je persévérais dans mon intention. Peut-être m'avait-elle, par cette fuite soudaine, prévenu d'un danger ? Il me fallait attendre encore, être sûr que c'était à elle que je voulais me lier, que cette envie n'était pas le résultat d'une décision due à l'emportement et au plaisir d'une fin de jour exceptionnel, dans une chambre de palace.

La salle à manger était presque déserte.

Nous avons passé la commande, elle a pris une cigarette en disant :

– Il y a quelque chose dans cette histoire qui me chiffonne.

Je lui avais tout raconté l'après-midi, tout au moins ce qu'elle ne connaissait pas déjà.

– Quoi donc ?

– Ta mère n'a jamais pensé que ton père pouvait avoir échappé à la Gestapo ?

J'avais réfléchi à cela.

– Peut-être l'a-t-elle espéré lorsqu'elle se trouvait dans le camp, mais plus après.

– Pourquoi ?

– Parce qu'il serait revenu. Elle ne pouvait pas douter du contraire.

Elle a hoché la tête. J'ai continué.

– Lorsqu'ils l'ont emmenée, n'oublie pas que deux hommes sont restés pour le cueillir, il rentrait tous les soirs, elle ne pouvait pas deviner qu'Olivia l'intercepterait.

Elle semblait de plus en plus rêveuse.

– C'est justement cela qui est bizarre.

– Explique-toi.

Elle a écrasé la Gitane dans le cendrier.

– Mets-toi à la place de cette femme. Son but est d'envoyer ta mère à la mort, pas ton père. Pourquoi mentionne-t-elle qu'ils sont deux à occuper l'appartement ?

– Il y avait les deux noms sur la boîte aux lettres, elle ne pouvait pas se contenter d'en donner un seul. Même si elle l'a fait, les Allemands n'étaient pas idiots : après avoir arrêté ma mère, ils ont voulu l'emmener, lui.

Je sentais qu'elle n'était pas persuadée.

– Pour que l'affaire soit parfaitement logique, il fallait qu'elle ne lui fasse pas courir le risque d'être pris lui aussi : elle devait truquer les horaires de ton père dans la lettre.

Elle n'avait pas tort, j'avais déjà pensé à cela mais pas assez. Je savais qu'il y avait là une zone d'ombre.

Elle a poursuivi.

– À quelle heure rentrait-il tous les soirs ?

– Dix-huit heures trente.

– Je prends le pari, lorsque tu auras la lettre en main : tu constateras qu'elle a mentionné le fait que ton père rentrait chaque soir une heure avant, soit dix-sept heures trente. Cela le sauvait.

– Et si cette indication n'existe pas ?

Elle a eu un rire bref.

– Ça voudra dire qu'ils étaient de mèche tous les deux, que, ce soir-là, il savait parfaitement qu'il ne devait pas revenir chez lui.

J'ai entendu à nouveau le son de la voix d'Olivia au moment où elle m'avait fait le récit de sa descente dans le métro, de son désespoir jusqu'à ce qu'elle retrouve mon père. Je savais que c'est lorsque les êtres vous paraissent le plus sincères qu'ils sont en train de vous mentir, mais c'était une chose de l'admettre, une autre de la vivre. Je revoyais son regard embué, le tremblement de ses lèvres à l'évocation de ces minutes…

– Tu aurais fait un excellent détective.

– C'est ce que doit être un photographe, deux métiers très proches l'un de l'autre… ils ont la traque en commun. Ils font mettre bas les masques.

Je connaissais ce discours, elle me l'avait déjà servi à plusieurs reprises. Elle avait sur pas mal de choses un regard lucide, souvent original. Sauf pour son travail : elle ne sortait alors que des banalités, tout un fatras de lieux communs éculés sur l'être et l'apparence. J'étais toujours étonné du contraste qui existait entre ses photos et le discours qu'elle tenait à leur propos. Les artistes ne devraient jamais parler de l'art, et surtout pas de celui qu'ils pratiquent.

Nous avons bu beaucoup au cours de ce dîner. Cela nous a permis d'échanger en connaisseurs quelques remarques bien senties sur les méfaits de l'alcoolisme.

Nous avons été les derniers à partir. Elle a voulu que nous commencions à faire l'amour dans le couloir qui menait à notre chambre, j'ai tenté de lui parler de l'inconfort et d'un surgissement inopiné d'une femme de chambre, elle a balayé l'objection en expliquant que, dans ce cas, le rôle d'une domestique était de détourner le regard et d'empocher le pourboire. Je n'étais pas le plus fort et j'ai dû obtempérer.

Comme les choses avaient changé pour moi. Où

que tu sois, Marina, quelle qu'ait été ta vie par la suite, merci de m'avoir amené-là, de m'avoir appris la folie.

Nous sommes partis très tard le lendemain, j'avais manqué mon cours du lundi. Grâce à elle encore, je suis arrivé à ne pas me sentir particulièrement coupable.

Aucun courrier ne m'attendait rue Neuve-des-Boulets, la grève était pourtant finie, la SNCF allait s'y mettre. Suivant les formules des journaux dont je pouvais lire les titres accrochés aux kiosques, le malaise social allait grandissant. Rien de bien nouveau. Je n'étais toujours pas rentré en possession de la lettre : Kressman, que je n'avais pas revu, n'avait pas dû l'envoyer encore. J'avoue que cela m'arrangeait, j'étais certain que le moment où je me trouverais en possession de la missive d'Olivia Clamp serait difficile. Je l'appréhendais, sa lecture ne changerait rien à l'ignominie du geste accompli, et cependant... la preuve serait devant moi, palpable, tangible. Je craignais le face-à-face avec cette réalité indubitable qui me sortirait de l'abstraction dans laquelle je baignais.

Oui, vraiment, comme cela s'est produit bien des fois dans ma vie, je refusais le contact avec le réel, je déteste avoir le nez dessus. C'était un réflexe d'enfant, ma lecture ne changerait rien. Comment le monde peut-il être aussi difficile, aussi dur, aussi abject ?

Huit jours passèrent.

Je n'avais pas revu Marina depuis notre week-end à Deauville. Je l'ai appelée un mercredi soir pour lui proposer d'aller au cinéma, je voulais voir le dernier Bergman. Je ne suis plus très sûr du titre aujourd'hui, mais je crois que ce devait être *La Honte*. Elle n'était pas libre. J'ai pensé qu'elle me mentait, qu'elle ne devait pas avoir envie de me voir, qu'il y avait peut-être déjà un autre homme dans sa vie, et je me suis félicité de m'être tu, de ne pas lui avoir parlé de mariage. Je m'étais évité le ridicule.

J'étais assez content de prendre les choses si bien. Une rupture n'est jamais facile à vivre : encore une erreur bien répandue… pour moi elle l'était. J'ai renforcé mon état d'esprit en établissant la liste de tout ce que je pouvais inscrire à son passif : elle avait dix ans de plus que moi, elle buvait trop, elle…

Le téléphone a sonné et j'ai été surpris d'entendre sa voix à nouveau. Il n'y avait pas une demi-heure qu'elle avait décliné mon invitation.

– Tu as lu les journaux ?

– Non.

– Viens chez moi.

– Pourquoi ?

– Il faut que tu viennes.

Je n'ai pas discuté. Elle n'avait pas bu mais le ton était plus métallique que d'ordinaire.

Je lui ai obéi, je suis parti sur-le-champ, je me souviens avoir noué avec difficulté la cravate achetée à Deauville.

9

En trente ans, Paris a blanchi. Les villes sont à l'inverse des hommes : pour elles, le blanc est la couleur de la jeunesse. La capitale a donc rajeuni, une question de ravalements, de pierres nettoyées et restaurées. Dans les aubes du printemps, des quais de Seine aux hauteurs de Montmartre, tout prend une couleur de beurre frais. Jamais une cité ne fut aussi jeune, même Notre-Dame s'y est mise : une cathédrale jouvencelle et pomponnée. Des immeubles ont poussé vers l'est, crémeux eux aussi. On a donc du mal aujourd'hui à imaginer combien Paris fut charbonneux il y a trente ans, des boulevards goudronnés par l'usure. Aux façades du Louvre, les statues plombées étaient tatouées de rigoles d'encre s'infiltrant dans le relief des muscles, les plis des péplums… cacas de pigeons et traînées de gouttières… Vers les Boulevards, les quartiers semblaient taillés dans un granit sombre et friable, les murs se mouraient d'une obscure gangrène.

Marina habitait rue Saint-Paul un appartement donnant sur une cour grise et verte : pavés et mousse, un coin oublié depuis quelques siècles où avaient dû sonner les bottes des mousquetaires et les roues des carrosses. L'escalier sentait le chou et l'encaustique. J'ai sonné. Elle a été longue à venir m'ouvrir comme si elle voulait retarder l'instant de me voir. J'ai pensé qu'elle regrettait déjà de m'avoir appelé, se reprochait son erreur. J'ai été surpris lorsque je me suis retrouvé en face d'elle de lui voir les cheveux tirés. Je ne lui connaissais pas cette coiffure, elle lui conférait un visage plus oriental. Peut-être la lumière rasante coulant des hautes fenêtres y était-elle pour quelque chose, mais je me souviens m'être dit qu'elle vieillissait. Sous les yeux, la peau plus sombre se fripait imperceptiblement.

– Que se passe-t-il ?

– Entre.

Je l'ai suivie dans le salon. Il y régnait toujours une odeur de pharmacie. Elle développait ses photos dans la pièce voisine, et les vapeurs des produits qu'elle employait envahissaient le salon.

Je me suis assis et elle s'est installée en face de moi. Elle portait un jean noir. Elle a posé ses coudes sur ses genoux, a joint les mains et s'est penché vers moi.

– Ce couple que tu es allé voir dans les Ardennes, ton père avec cette femme… le village s'appelait bien Arnal ?

– Oui.

Quelque chose allait surgir, je ne savais pas encore quoi, mais je sentais déjà que la charge serait furieuse.

– Ils étaient connus dans le village sous le nom de Flavier ?

– Exact. M. et Mme Flavier.

164

Marina me regardait. Il m'a semblé qu'elle n'avait jamais eu ce regard à mon endroit.

Elle m'a tendu *France-Soir* plié en quatre. Je ne le lisais jamais mais je l'avais reconnu. Une question d'encre, de typographie et de disposition des photos.

Elle avait entouré l'article d'un trait rouge.

– Lis ça.

J'ai lu. Deux fois. Je me suis levé et j'ai allumé une cigarette. C'était évidemment le moment : c'est à cela que les cigarettes sont utiles, lorsque l'adrénaline monte ou descend, lorsque le monde tremble ou bascule... La cigarette est le bastion de fumée que les faibles construisent entre l'adversité et eux-mêmes. J'ai tiré une longue bouffée et j'ai pensé à maman : j'avais déjà du mal à retrouver son image. À son visage se superposait la plaque de marbre du cimetière... un nom gravé qui remplace un sourire : je devais être au premier stade de l'oubli.

Marina m'a suivi du regard et a ramassé les feuilles que j'avais laissé tomber sur le tapis. Elle les a remises en ordre.

– Ce sont bien eux ?

– Il n'y a pas de doute à avoir.

J'avais le sentiment de parler d'une voix pâle, lointaine, comme si je m'étais trouvé éloigné de moi-même.

– Tu ne m'en veux pas ?

– Pourquoi t'en voudrais-je ?

– On a toujours un ressentiment contre les porteurs de mauvaises nouvelles. C'est souvent injuste, mais c'est ainsi.

– Je ne suis pas sûr que ce soit une mauvaise nouvelle.

Elle a lissé les pages du journal sur ses genoux.

– Il faut que je sorte.

Besoin d'air soudain. Tout était étouffant ici. Je me suis rassis brutalement ; l'envie de vomir est montée, j'avais parfaitement réussi mon coup en révélant à mon père l'identité de la coupable et en lui laissant le choix de sa réaction.

Il n'avait pas lésiné.

Il l'avait tuée et s'était pendu.

J'ai relu l'article une troisième fois.

On ne connaît pas encore la raison du drame qui s'est déroulé près d'Arnal, petit village des Ardennes, où les corps de M. et Mme Flavier ont été découverts par les gendarmes. Inquiets de ne pas les voir comme à l'ordinaire, des voisins ont donné l'alerte. Olivia Flavier avait été poignardée durant son sommeil de quatre coups de couteau portés par son époux dont le corps a été découvert, pendu dans le grenier. Le couple était installé depuis de longues années dans le village, faisant de nombreux séjours à l'étranger. Il n'avait jamais fait parler de lui, vivait à l'écart et semblait un modèle de discrétion. Sur une feuille écrite à l'intention des enquêteurs, M. Flavier s'accuse du meurtre de sa femme et annonce son intention de se donner la mort. Il a tenu parole, mais n'a pas expliqué les causes de son geste. Le mystère reste donc entier.

Je n'avais pas eu besoin de revolver. Un stylo et du papier, et j'avais réussi le doublé.

J'ai eu juste le temps d'atteindre la salle de bains et j'ai eu l'impression de cracher mes tripes. Marina a frappé à la porte mais je n'ai pas ouvert.

La migraine d'autrefois, instantanée... mon crâne s'est resserré et j'ai cru que mes yeux allaient s'écraser dans leurs orbites.

C'était sans fin et pourtant il fallait que ça cesse, sinon j'allais mourir. Les spasmes m'ont cassé en deux et je ne me suis pas rendu compte que je m'étais mis à hurler. Plus tard, Marina m'a raconté que jamais elle n'avait entendu quelqu'un crier comme ça ; elle avait cru un instant que ce n'était pas moi, qu'une bête était cachée quelque part, un animal fou de douleur coincé derrière le lavabo.

Elle a fini par défoncer la porte. Je me suis réveillé, j'étais roulé en boule sur le parquet, une serviette mouillée autour de la tête, la chemise ouverte. Je suis resté une bonne heure sans pouvoir parler.

Il ne savait donc pas.

C'était sûr maintenant, il ne savait pas, il n'avait jamais su.

Durant vingt-cinq ans, il avait vécu avec la femme qui avait envoyé son épouse à la mort, la femme qu'il avait aimée. Il s'était peut-être aussi rappelé qu'il avait aimé ma mère, moi-même aussi du même coup. La vie est une drôle de chose, on aurait pu croire que j'étais cassé, foutu pour un bon moment : pas du tout. J'ai voulu faire l'amour tout de suite, une envie folle. Cracher mon sperme comme s'il était la source du malheur. Marina a compris que c'était nécessaire, que je ne tenais plus. J'ai dû dormir après, quelques minutes. J'avais accompli le pire, je ne voulais pas les tuer, surtout pas elle, même si elle l'avait mérité. Mais qui mérite jamais de mourir ? Il ne pouvait pas pardonner, ce con, au lieu de se ruer sur un couteau de cuisine ?...

– Il a fait ça pour toi.

J'ai relevé la tête. Je ne comprenais pas ce qu'elle venait de me dire et puis, peu à peu, le sens de ses paroles m'est apparu, a percé les épaisseurs. Elle avait raison.

Je me suis souvenu de sa silhouette venue du fond du parc et avançant vers moi. Rien n'était assuré en lui, ni la démarche ni le maintien.

En la tuant, il m'avait montré qu'il était un homme, définitivement. Marina avait raison, je ne croyais pas qu'il l'ait poignardée parce que, un jour, elle avait écrit à la Gestapo ; il l'avait fait parce qu'il présumait que je guettais sa réaction, que je le jugerais sur cette dernière. Eh bien, j'avais vu de quoi il était capable, ce meurtre était une affirmation enfantine qui ne visait qu'à attirer l'attention d'un témoin dont on craint la sentence : « Regarde ce cadavre et admire l'intransigeance qui fut la mienne. » Pauvre Maxime ! Après avoir disparu durant l'essentiel de sa vie, il lui fallait bien se faire remarquer pour exister un peu.

L'histoire commencée en 1943 s'achevait vingt-cinq ans plus tard de triste manière.

– Qu'est-ce que tu vas faire ? Tu vas aller à la police ?

Ce n'était pas vraiment utile. Il faudrait expliquer toute l'histoire, dévoiler leurs identités, je ne m'en sentais pas le courage. L'affaire devait d'ailleurs être déjà classée. Un meurtre suivi d'un suicide, un couple isolé, la lassitude, la vieillesse qui venait, la dépression, peut-être ne s'entendaient-ils plus... Les explications ne manquaient pas, banales, traditionnelles.

Personne ne se rappellerait ma visite, bien des mois s'étaient écoulés depuis. J'avais récupéré ma carte de visite sur le bureau de la secrétaire de mairie. Je revoyais la vieillarde, seule dans la rue du village : « Un monsieur les a demandés un jour... il était en voiture, un Parisien... »

– À quoi penses-tu ?

Je me suis secoué. Je commençais un bel exercice de paranoïa. D'abord, les gendarmes n'iraient pas chercher cette vieille femme plus particulièrement, et même, en supposant, ce qui était déjà une ineptie, qu'elle se soit souvenue du numéro de la plaque minéralogique, qu'est-ce que ça prouvait ? Je ne nierais pas, je n'avais rien fait qui puisse me valoir des ennuis. Quant à ma lettre, il avait dû la brûler, supprimant la preuve de la honte.

J'ai passé les trois jours qui suivirent chez Marina. C'était la première fois que je restais si longtemps. Dans l'air flottait un parfum de convalescence. Je traînais en chaussettes dans la cuisine, je ne me suis pas rasé une seule fois, je me sentais agréablement cotonneux. Je restais seul l'après-midi, elle avait des portraits de musiciens à effectuer, la commande d'un grand hebdomadaire : elle devait les photographier chez eux, dans des auditoriums... Elle me racontait en rentrant, ce n'était pas toujours facile, certains avaient des lubies. L'un des plus grands pianistes européens tenait absolument à être pris en train de jouer du violon. Elle avait eu beaucoup de peine à lui expliquer que son idée était originale, mais qu'elle ne correspondait, hélas, pas à la ligne du journal pour lequel elle travaillait.

Nous bavardions le soir, elle buvait moins, moi aussi du même coup. J'avais la sensation douce-amère que nous nous entendions d'autant mieux que la passion nous fuyait.

Marina apportait les journaux tous les soirs, je les feuilletais et je n'y ai plus jamais trouvé trace du couple des Ardennes. J'ai supposé que, durant quelque temps, on avait dû en parler dans les feuilles locales, et puis on était passé à autre chose.

Je me suis demandé où ils avaient été enterrés. Sans doute au cimetière du village, peut-être ensemble : j'ignorais quelles dispositions pouvaient être prises en cas de mort violente.

Je penserais à mon père plus tard, à sa vie, à ce qu'a dû représenter pour lui cette ultime rencontre. Il avait quitté un petit garçon trop sage et retrouvé un homme inconnu. Et toutes ces années vécues au loin, l'Afrique, Madagascar, avant de s'installer défi-nitivement près des sapins de la forêt si froide, si brumeuse.

Je ne voulais pas penser à elle. Je revoyais sa sil-houette dans la cuisine. Attirante encore. Cette force dans la douceur du sourire, l'éclat des yeux clairs… l'inverse du mystère : elle était l'opposé des femmes de cinéma qui, avant-guerre, avaient peuplé les écrans de leurs yeux lourds d'espionnes et de démoniaques séductrices. Elle avait dû être pour lui l'eau et la source, le matin le plus clair, la promesse faite de neige et de soleil ; et elle était là, de l'autre côté de cette étroite rue d'un Paris déjà vieux. Ils avaient, contre tout, contre tous, réalisé leur rêve. Plus de vingt ans de bonheur pour la plus belle saloperie que puisse inventer une jeune femme au pur sourire. Elle n'avait pas payé la note très cher, même si, au dernier moment, elle avait senti pénétrer le froid de la lame.

Cette double mort m'avait secoué, je serais bien resté encore un jour ou deux rue Saint-Paul, mais il fallait reprendre le cours des choses. J'ai, un après-midi, laissé une lettre pour Marina sur la table de la cuisine. Je la remerciais de m'avoir recueilli, je n'oublierais rien, je l'appellerais… J'aurais voulu faire plus long, évoquer un peu l'avenir, proposer quelques buts communs dans l'existence, ne serait-ce qu'un voyage. Elle m'avait parlé de Prague à plusieurs reprises. Pourquoi ne pas y aller ? Ce ne serait pas très facile, comme dans tous les pays de l'Est, mais par la faculté, je pourrais obtenir des visas, tout ce qu'il fallait.

Je n'ai pas pu. Être un peu tendre, un peu amoureux, était au-dessus de mes forces.

Je suis rentré chez moi à pied. J'ai pensé faire un détour par le cimetière. J'en avais des choses à raconter à maman. La première de toutes était qu'elle avait eu sacrément raison de me faire confiance, j'avais accompli ma mission au-delà de ses espérances. La trahison avait été double, la vengeance également.

Je me souviens avoir finalement décidé de remettre ma visite au Père-Lachaise et de m'être arrêté au tabac de la rue Léon-Frot pour acheter des cigarettes. En sortant, j'ai respiré un grand coup et me suis demandé avec étonnement d'où pouvait bien venir cette sensation de bien-être que j'éprouvais soudain. C'était surprenant, un peu, je le suppose, comme ce soulagement que doit éprouver quelqu'un qui s'entend dire que les vertiges qu'il ressent ne présagent rien de grave, que les examens sont bons et l'avenir grand ouvert.

J'ai mis ce bien-être sur le compte du fait que tout était fini. Tous les membres du trio étaient morts. J'en avais définitivement terminé avec la Seconde Guerre mondiale.

Tout pouvait s'arrêter là, c'était parfait. Un scénario en ordre avec tous les ingrédients : passion, trahison, punition. Histoire bouclée. Trois personnages simples. La victime qui ne pardonne pas, l'homme : enjeu de la partie, faible, manipulé, sans repères, et enfin le bourreau, la maîtresse qui rafle la mise jusqu'à ce que la fatalité la rattrape une nuit, un beau rôle de salope absolue.

Je ne suis pas dans la pièce, je suis le spectateur, l'unique. J'ai cru que celle-ci était finie en allumant cette Balto sur ce coin de trottoir. Le rideau était tombé, personne n'est venu saluer, je quitte seul le théâtre.

J'ai ramassé le courrier dans la boîte aux lettres et j'ai rencontré la concierge dans l'escalier. Je la soupçonne de rester immobile entre les étages, un chiffon à la main. Je suis certain que l'ennui est chez elle moins fort que la paresse. Elle doit rester dans la solitude des étages, au long des après-midi. L'immeuble est désert à cette heure-là, on entend vaguement un piano, celui de la locataire du troisième, mais c'est très étouffé, très lent aussi… Parfois un craquement dû au bois des marches ou de la rampe, un vagissement de bébé, c'est celui des nouveaux locataires du premier, un jeune couple avec enfant. Leurs fenêtres donnent sur la cour.

La concierge est là, entre deux paliers, guettant les bruits, les yeux pleins de cette lumière grise qui coule des murs. Elle médite ou elle ne pense à rien, le monde tourne autour d'elle, debout sur ces marches qu'elle nourrit régulièrement d'encaustique.

Nous nous sommes salués. Elle m'a fait remarquer que le temps tardait à se mettre au beau. Je lui ai répondu que c'était souvent le cas en cette saison. J'ai senti qu'elle était satisfaite de ma réponse et cela m'a fait plaisir : il faut toujours être bien avec sa concierge. Je ne sais pas pourquoi j'ai toujours eu l'intuition qu'elles pouvaient devenir des êtres dangereux, pouvant vous attirer toutes sortes de tracas imprécis et douloureux… Je connais celle-ci depuis longtemps, mais même aujourd'hui, je ne peux pas m'empêcher d'avoir à son propos une sorte de méfiance apeurée.

J'ai déposé le courrier sur le guéridon de l'entrée, et je suis allé tout de suite prendre un bain. J'aime bien me retrouver dans ma baignoire, je pense que c'est l'endroit où je me sens le plus chez moi, dont je connais le moindre dessin, la moindre fêlure, tout est familier ici, rassurant.

Je suis resté longtemps, j'ai failli m'endormir dans cette tiédeur. Marina ne possède qu'une douche dont la brutalité me choque toujours. L'eau verticale qui me frappe cherche à me chasser de ce lieu, celle qui stagne, dans laquelle je me vautre, cherche à me retenir. Il y a dans cette eau savonneuse quelque chose du liquide amniotique : je suis dans le ventre maternel, lové.

Je suis arrivé à m'en extirper et j'ai allumé une nouvelle cigarette. Parmi celles que je privilégie, la cigarette d'après le bain me paraît être la préférée. Les meilleures sont toujours après : après le repas, le café, l'amour… une sorte de prolongement, de couronnement.

J'ai traîné un peu en peignoir.

Dans mon bureau, je me suis aperçu, en consultant mon agenda, que l'écriture de mon livre avait pris du retard. Du coup, j'ai ouvert le dossier. Je n'avais pas l'intention de m'y atteler sérieusement, je pensais me livrer simplement à une lecture superficielle, et puis une correction en a entraîné une autre qui, elle-même, a débouché sur une remarque incidente qu'en fin de compte j'ai développée sur plusieurs pages, et lorsque j'ai relevé la tête, je me suis aperçu que la nuit tombait. J'ai allumé la lampe et ai continué encore à travailler durant une bonne heure.

La fatigue a commencé à se faire sentir, et j'ai réalisé que je n'avais plus rien dans le frigidaire. Je me suis habillé et j'ai fait quelques courses rapides chez les commerçants du quartier. Ma concierge avait raison, il faisait encore frais, presque froid, et pourtant nous étions au cœur du printemps.

Je suis remonté et ai ouvert la porte avec difficulté car mes bras étaient chargés. J'ai refermé le battant du pied et, en posant les sacs de papier sur le guéridon, j'ai vu les lettres que j'avais déposées en début d'après-midi et que je n'avais pas ouvertes.

Je suis allé à la cuisine et j'ai rangé les denrées que je venais d'acheter. Ce n'est qu'après que j'ai pris le courrier et que je l'ai déposé sur mon bureau. Trois factures : l'électricité-gaz de France, le gérant de l'immeuble et la taxe d'habitation. J'avais deux relevés de compte-chèques postaux, et une carte postale de Douarnenez. Elle venait d'un de mes étudiants de l'année précédente avec qui j'étais resté en relation et qui me tenait épisodiquement au courant de ses pérégrinations.

L'écriture de l'enveloppe de la dernière lettre m'était inconnue. Je l'ai retournée. Elle était de Kressman.

Je l'avais oublié. J'étais excusable, la mort d'Olivia Clamp et de mon père m'avait secoué. J'ai ouvert l'enveloppe.

La photocopie qu'elle contenait était pliée en quatre et disposée de telle façon que lorsqu'elle glissa sur mon bureau, sans que j'aie à la déplier, je pus lire la fin de la formule de politesse et la signature :

Sentiments dévoués.

Olivia Clamp.

Je savais déjà.

Je jure aujourd'hui que je savais déjà, que je n'avais nul besoin d'examiner le reste, je savais, bordel de Dieu. Je savais.

Je me suis forcé au calme. J'ai déplié la lettre et l'ai lue dans son intégralité. Ce n'était pas le sens des mots qui m'importait à cet instant-là, ce n'était pas ce qui comptait.

Ce qui comptait, c'était l'écriture.

Je n'étais pas, je ne suis toujours pas un expert en graphologie, mais ces lettres qui défilaient sous mes yeux, je les avais trop vues pour ne pas les reconnaître.

Je me suis renversé sur le siège, et le vide s'est fait dans ma tête. La vérité enfin. J'y étais parvenu. Cette salope de vérité, celle que je n'aurais jamais voulu connaître.

Il était très tard et la nuit était venue… Le halo de la lampe formait un cercle presque parfait, la lettre était dessous, l'encre brillait comme si elle n'était pas encore sèche. La lettre que maman avait écrite.

Par acquit de conscience, je suis allé chercher les carnets du Journal que maman tenait, et dont j'avais lu des passages : aucun doute n'était permis… ils étaient bien de la même main que l'auteur de la lettre.

À qui ai-je pensé d'abord cette nuit-là ?

À Olivia peut-être : le fin sourire, le rire des prunelles ne dissimulaient donc rien, elle avait été une femme amoureuse, follement. Rien d'autre.

Lui non plus n'avait pas trahi, il était resté avec celle qui l'avait sauvé de la mort, peut-être avec joie, peut-être avec remords, les deux sans doute. Qui le saurait à présent ?

Maman.

Elle les avait donc tellement haïs. Elle avait dû lire dans leurs regards retenus, leurs gestes escamotés que rien ne séparerait ces deux-là, sauf les camps, sauf la mort.

Alors elle y était allée de sa page d'écriture. Elle

avait posté la lettre et elle avait attendu. Elle avait dû penser que les Allemands ne viendraient que la nuit, qu'ils les embarqueraient tous les deux ensemble et qu'ils partiraient pour l'enfer. Elle l'avait accepté pour elle à condition qu'il subisse le châtiment. L'essentiel était qu'il soit séparé de cette fille, Olivia. Elle avait même eu l'idée de signer la lettre de son nom : elle avait commencé à armer le piège qui, un jour, se refermerait sur elle.

Étrange survie… là-bas à Flossenbürg, ici pendant deux décennies, elle n'avait jamais pu arriver à savoir ce qu'il était advenu des amants d'autrefois. Elle avait dû y penser : et s'il avait échappé à la Gestapo ? S'il était parti la retrouver ? Si, pendant toutes ces années, ils avaient vécu ensemble, cachés et heureux ? L'enfer avait dû alors être autant dans sa tête qu'à l'exté-rieur…

Elle avait tenu bon, jusqu'à la fin, et elle avait armé mon bras. Elle était arrivée à réaliser le rêve, au-delà de ses espérances, d'une vengeance parfaite : ceux qui avaient brisé sa vie finissaient dans le sang.

La rage devait, toutes les nuits, la tenir éveillée. L'in-certitude… et s'ils vivaient ? S'ils étaient ensemble ? Elle avait recherché Maxime sur les listes, elle avait scruté les photos, en vain. Quant à la fille, elle avait disparu. *Exit* Olivia Clamp. Elle devait se réveiller en sursaut, baignée de sueur, elle voyait Olivia courir au-devant de Maxime : « Ne rentrez pas, les Allemands vous guettent. » Ils partaient en courant, main dans la main. Le plan suivant représentait une plage, ils s'y baignaient dans la lumière déclinante, il faisait chaud sous les palmiers… et elle mourait de froid dans les blizzards de l'Est sous la schlague S.S.

Je me souvenais de certains hurlements que tu poussais dans la nuit, ils avaient terrorisé mon enfance, je savais à présent ce qu'ils contenaient. Eh oui, Anne, tout ce que tu as craint est arrivé, la plage, leurs baisers et ton martyre inutile.

Ta solitude, tes ressassements, tes exaspérations, ce musée lentement édifié. Et moi au milieu, un gosse perdu, élevé dans la tragédie jusqu'à croire que le monde n'avait pas de couleurs, ne contenait aucune joie.

De quelle façon as-tu aimé ton époux pour préférer le voir mort plutôt qu'heureux avec l'autre ? Qui le dira ? Trop mal, trop fort. Lorsque les histoires s'achèvent, il ne reste que des victimes, tu es, des trois, celle qui a le plus souffert, et en même temps la seule coupable.

Je me souviens ne pas m'être couché et avoir été pris d'un fou rire vers trois heures du matin : si un être sur cette planète avait loupé son coup, c'était bien elle, elle avait réussi à atteindre l'inverse de ce qu'elle voulait. Elle s'était fourrée elle-même en prison, en leur laissant le champ libre, on ne pouvait rêver mieux dans l'histoire des ratages. Il y avait dans cette situation un côté comique, le rire amer de l'échec, le pied de nez du destin.

Et jusqu'à la mort, jusqu'à sa mort, elle n'avait pas cédé d'un pouce, poursuivant la rivale, me lançant sur sa piste plus de vingt ans plus tard, avec la mission de la tuer, elle me l'avait fait jurer…

Il fallait que je me mette dans la tête que j'avais passé

l'essentiel de ma vie avec une criminelle acharnée, obsessionnelle.

Elle avait dû tenter de retrouver Olivia, mais Olivia avait disparu, les traces donnaient sur le vide… un nom, une photo, un appartement déserté.

Pendant mon enfance, elle ne m'avait pratiquement jamais parlé de mon père, j'essayais de me souvenir. C'était moi qui, parfois, avais dû la solliciter, qué-mander une anecdote pour savoir comment il était avec moi, avec elle. Elle avait toujours eu des réponses lapidaires. Je me rendais compte que, sans m'en être aperçu, à force de silence et d'imprécision, elle était arrivée à me faire douter de son existence. Comment avait-il pu vivre ici dans cet appartement, partager notre table, son lit, sans que je m'en sois un tant soit peu souvenu ?

Je ne crois pas qu'elle ait regretté une seule seconde son geste. Non. Certainement pas. Je n'ai jamais eu le spectacle d'un seul apitoiement, pas un regard où serait entrée l'ombre d'un remords. Jamais. La souf-france, oui, mais jamais un regret.

Un monstre né de l'amour déçu. Peut-être même pas d'ailleurs. Sous quel empire avait-elle décidé d'écrire ? Simplement celui de la fierté blessée, la frustration de l'être trompé. Cocu, voilà, ce n'était peut-être que cela, la vengeance du cocu…

Et elle m'avait possédé, moi, elle avait fait de son agonie une superbe mise en scène, un peu mélo : « Venge-moi, mon enfant, tue la traîtresse… » De quoi pleurer. Qu'y a-t-il à présent sous la dalle de ton tombeau ? Un monstre démasqué, vaincu. Au matin, j'ai joué au jeu des suppositions. Que se serait-il passé

si elle n'avait pas pris la plume ? Auraient-ils longtemps échappé aux lois raciales ? Pas sûr. Mon père
aurait-il trouvé la force et la faiblesse de partir avec
Olivia Clamp ? On ne le saurait jamais.

Lorsque l'aube s'est levée, j'ai replié la lettre, ce
n'était qu'une photocopie, mais je l'ai brûlée à la
flamme de mon briquet.

J'étais épuisé mais heureux d'avoir trois heures de
cours à donner, je serais obligé pendant ce temps de
penser à autre chose.

J'ai écrit à Kressman pour lui accuser réception de
son envoi et le remercier. Je précisai que je n'avais
pas l'intention de continuer une recherche qui, de
toute évidence, n'intéressait plus aujourd'hui que des
morts.

J'ai décidé de ne pas parler de cet ultime rebon-
dissement à Marina et je suis sorti dans le matin. Il y
avait déjà du monde à la station de métro et j'ai
cherché l'endroit où, bien des années auparavant,
Olivia avait guetté l'homme qu'elle aimait. Elle avait
descendu, remonté ces escaliers dans l'amour et
l'angoisse, et l'idée m'est venue que, dans cette histoire, un grand vent de tendresse avait soufflé, qu'elle
avait été, dans cette boue et ces larmes, une lumière
d'amour. J'aurais aimé voir surgir l'instant où elle
avait couru vers lui, mon père, et où il avait senti
s'enfouir contre son épaule le poids d'un visage.

Épilogue

Enfin, le but que je m'étais fixé est atteint, j'ai écrit ce qui s'était passé, tout au moins comme je l'avais ressenti. J'ai eu l'impression, parfois, de m'étendre sur certains détails inutiles, j'aurais dû être plus concis, mais je crois qu'en fait mon projet était autant de restituer le cours des événements que de les revivre, peut-être même davantage de les revivre. Il s'agissait surtout de retrouver une atmosphère, une lumière, une impression.

De toute manière, cela n'a plus d'importance.

C'est aujourd'hui bien tard pour recommencer, bien tard même pour continuer, je peux bien le reconnaître, je suis à présent un vieux monsieur.

Un vieux monsieur dans une situation ridicule, assis par terre dans un appartement désert, avec plein de feuillets noircis autour de lui, qui se livre à une ultime tentative pour se débarrasser d'un secret bien trop lourd pour lui et qui l'aura écrasé toute sa vie.

Allons, j'exagère, je n'ai pas toujours pensé à eux, durant les trente années qui suivirent, ils n'ont pas été une hantise. Leur souvenir surgissait apparemment sans raisons, dans les endroits les plus incongrus, les plus inadéquats. C'était étrange : pendant une conférence, au cours d'une soirée, d'une promenade, d'une nuit semblable aux autres, ils étaient là.

Ils formaient un trio et sont devenus très vite indissociables, leurs yeux sont très calmes, Olivia est celle qui sourit le plus, elle semble la plus heureuse. Ils naissent de la nuit.

Comme je l'avais prévu, l'enquête avait été vite close.

Je ne sais même pas où leurs corps reposent. Je ne suis jamais retourné dans les Ardennes ni sur la tombe de ma mère.

Je suis arrivé, avec les années, à ne plus lui en vouloir, mais je n'arrive pas à oublier qu'elle a fait de moi un peu un assassin.

Je n'ai jamais bougé de Paris. J'ai laissé les saisons se succéder, elles se sont accumulées sans que je m'en aperçoive. J'ai écrit quelques livres dont deux « font autorité », comme il est de bon ton de dire dans les milieux para-universitaires. Le simple fait que je trouve nécessaire de le mentionner en ce moment indique suffisamment qu'ils ont eu plus d'importance que celle que j'ai l'air de leur accorder. Je suis assez fier d'eux, même si savoir que la seule chose qui me survivra, en supposant que cela se produise, tient sur la moitié d'une étagère est une pauvre compensation.

J'ai tenu à ne pas finir ma vie dans les lieux où je l'avais commencée. Ce sera ma dernière coquetterie, comme si un déménagement suffisait à triompher du destin. J'ai donné les photos, les vitrines, tous les documents à une organisation juive. J'ai eu en retour une belle lettre de remerciements. Fin du musée.

Je voudrais pour finir signaler une dernière chose.

Peu de femmes sont entrées dans ma vie. Si j'excepte Marina, je n'ai jamais parlé de cette histoire, personne n'a jamais su ce qui s'était passé. Je suis devenu ce qu'il est convenu d'appeler un vieux garçon. Je n'en ai jamais souffert.

Cependant, à plusieurs reprises, je me suis demandé pourquoi il en était ainsi, pourquoi je n'avais jamais songé à créer un lien durable, à envisager une union.

Je crois en connaître la raison. C'est presque une règle : ce n'est que lorsque le problème ne se pose plus qu'on en détient la solution.

La mienne est simple. Toute ma vie, j'ai cherché une femme qui ressemble à Olivia Clamp.

Je ne l'ai jamais rencontrée.

J'ai tenté de retrouver cette façon tranquille d'être heureuse, cette juste tendresse avec laquelle elle contemplait le monde, cette silhouette dans un parc des Ardennes.

Je sais qu'elle m'a pardonné de ne pas l'avoir crue. Je le sais.

Son visage s'est souvent interposé entre une femme et moi, en surimpression, comme dans une photo truquée.

En fait, elle est la seule des trois avec laquelle j'entretiens parfois un dialogue. Je crois même qu'il y a certaines balades que j'accomplis parce qu'il me semble que ce sont celles-là qui lui plairaient : le Jardin des Plantes, le quartier derrière les Arènes... Nous bavardons. Il n'y a rien de moins seul qu'un homme seul.

Je m'en vais, mon paquet de feuillets sous le bras.

La pensée m'effleure que je n'aurais pas dû me donner tant de mal. À quoi tout cela peut-il servir ? À rien. Il faut, dit-on, laisser les morts avec les morts.

J'ai envie de jeter, pour la dernière fois, un coup d'œil à la fenêtre sur un paysage que je ne verrai plus. Je me demande si un jour l'homme qui porte un béret à l'intérieur de son appartement se penchera sur son balcon étroit et, en respirant l'air du matin, captera un parfum de fleur sucrée qu'il croira venir des corolles veloutées de ses géraniums. Il pensera alors voir réalisée une promesse impossible et stupéfiante, miraculeuse, qui le confortera dans l'idée que les dieux font ce qu'ils veulent, qu'ils sont les maîtres du hasard.

Le parquet craque. Je pense que les nouveaux propriétaires ne le conserveront pas.

Je ne dois pas oublier, en partant, de glisser les clefs dans la boîte aux lettres.

Du même auteur :

Aux Éditions Albin Michel

LAURA BRAMS
HAUTE-PIERRE
POVCHÉRI
WERTHER, CE SOIR
RUE DES BONS-ENFANTS,
    prix des Maisons de la Presse 1990
BELLES GALÈRES
MENTEUR
TOUT CE QUE JOSEPH ÉCRIVIT CETTE ANNÉE-LÀ
VILLA VANILLE
PRÉSIDENTE
THÉÂTRE DANS LA NUIT
PYTHAGORE, JE T'ADORE
TORRENTERA
LE SANG DES ROSES
JARDIN FATAL
LA REINE DU MONDE
LE SILENCE DE CLARA
BELANGE

Chez Jean-Claude Lattès

L'AMOUR AVEUGLE
MONSIEUR PAPA, porté à l'écran
E = MC² MON AMOUR,
    porté à l'écran sous le titre « I love you, je t'aime »

POURQUOI PAS NOUS ?, porté à l'écran sous le titre de
« Mieux vaut tard que jamais »
HUIT JOURS EN ÉTÉ
C'ÉTAIT LE PÉROU
NOUS ALLONS VERS LES BEAUX JOURS
DANS LES BRAS DU VENT

www.livredepoche.com

- le **catalogue** en ligne et les dernières
  parutions
- des **suggestions de lecture** par des libraires
- une **actualité éditoriale permanente** :
  interviews d'auteurs, extraits audio et vidéo,
  dépêches…
- **votre carnet de lecture** personnalisable
- des **espaces professionnels** dédiés
  aux journalistes, aux enseignants
  et aux documentalistes